ハヤカワ文庫 SF
〈SF2093〉

宇宙英雄ローダン・シリーズ〈531〉

物質暗示者

H・G・エーヴェルス
赤根洋子訳

早川書房

7856

PERRY RHODAN
BEHERRSCHER DES ATOMS
STATION DER PORLEYTER
by
H. G. Ewers

Translated by
Yoko Akane
First published 2016 in Japan by
HAYAKAWA PUBLISHING, INC.
This book is published in Japan by
arrangement with
PABEL-MOEWIG VERLAG GMBH
through JAPAN UNI AGENCY, INC., TOKYO.

目次

物質暗示者

登場人物

サグス＝レト
ケルマ＝ジョ ……………………ダルゲーテンの若者。物質暗示者

ラノ＝フェル……………………ダルゲーテン。サグス＝レトとケルマ＝ジョの指導者

ナンドゥ＝ゴラ
クルマ＝プジャ
ヴァス＝デヴァ ……………………同。気高き番人

クルート
ホルク
リース ……………………サグス＝レトの私有トリプリード

トロン
ファルン
レス ……………………ケルマ＝ジョの私有トリプリード

カイパストゥル……………………サウパン人

レジナルド・ブル（ブリー）………ローダンの代行

シスカ・タオミン……………………テラ在住の少年

物質暗示者

H・G・エーヴェルス

1

サグス＝レトは、ダルゲータ異文明研究所のインフォメーション・ホールの壁から聞こえてくる、単調なメロディのような音声にじっと耳をかたむけていた。ドーム状ホールの壁に、スピーカーが内蔵されているのだ。

ホールのまんなかに浮遊している大きな3Dヴィデオ・キューブにうつしだされた奇妙な物体を興味津々《きょうみしんしん》で観察しながら、壁から流れてくる説明に耳をかたむける。

「調査およびコンピュータ分析の結果、発見されたのは未知の文明に由来する宇宙船の残骸と判明しました。クラアニュード人の遠距離宇宙船がこの残骸をアンテフェーレ銀河・ウンデリューケ銀河間の虚無空間で発見し、綿密な調査をしたのち回収しました。クラアニュードの巡回スポークスマンは、これをダルゲータに移送することとしました。

アンテフェーレ銀河、ウンデリューケ銀河、シルテゴール銀河、トルラメーネ小銀河にまたがる四十四大文明連合のすべての代表者が常駐しているのは、ここダルゲータだけだからです」

サグス＝レトは、左の体側《たいそく》に振動を感じた。一対の視覚触角の片方を動かし、隣りにいる訓練パートナーのケルマ＝ジョを見る。サグス＝レトと同じようにケルマ＝ジョも、自分の浮遊マシンの浴槽形の窪みに横たわっている。ケルマ＝ジョはたくましい這い足十二本の外側の節を、力強い把握手を持つ三匹の私有トリプリードにマッサージさせようとして、からだの右側をよじって持ちあげたところだった。

それを見て、サグス＝レトも這い足の外側の節がむずむずしてきた。かれの私有トリプリード……クルート、ホルク、リースの三匹が、もうじき用をいいつけられるのを察したかのように、背中の上で動きまわっている。サグス＝レトは欲求に負け、右に寝返りを打つ。暗示命令を送るまでもない。長年の経験で、こちらがなにをもとめているか、トリプリードたちはわかっているから。這い足の外側の節がむずむずするのは、ほとんどのダルゲーテンが悩まされている文明病だ。ダルゲーテンは浅い海に生息する軟体動物から進化した。呼吸器は長い年月をかけて鰓《えら》から肺へと進化したものの、這い足の地面接触欲求はほとんど変化していない。文明化された環境で、高重合度フッ素プラスティック製の人工地面を移動するだけでは、這い足の欲求は完全には満たされなかった。

クルート、ホルク、リースのマッサージをうけながら、サグス＝レトはふたたび、3

Dヴィデオ・キューブにうつしだされた残骸の映像と説明音声に集中する。

「計算およびコンピュータによる再現の結果、未知の文明の宇宙船は楔型《くさびがた》をしており、サル型生物くらいの大きさの種族がおもに乗っていたものと思われます」

サグス＝レトは、無意識に例としてハイグラム・エドノア人を思いうかべた。細長い棒のような形状の生物。移動用器官もやはり棒のような形状で、わずか二本しかない。把握腕も二本だ。ちっぽけな中枢神経系は、ほぼ球形の骨格におおわれている。

もっとも、四銀河の諸惑星で進化し、宇宙航行ができるほどの文明を築きあげたサル型生物は、ハイグラム・エドノア人だけではない。厳密にいえば、サル型生物の諸文明は他種族のそれよりも進んでいる。次に進んでいるのが恐竜型生物の文明、その次がネコ型生物の文明だ。

ダルゲーテンはこれら知的生物の体系には分類されていない。これからも分類されることはないだろう、と、サグス＝レトは思う。なぜなら、ダルゲーテンはそれを超越した存在だから。ダルゲーテンだけが、精神の力で物質を支配することができるのだ。

「さしあたって、発見物についてこれ以上のことはわかりません」と、説明音声。「ダルゲーテンの有識者にも友好諸種族の有識者にも、この楔型宇宙船を建造した文明について知る者はいません。おそらくは他銀河からやってきて、なんらかの事故に遭遇したものと思われます。今後、四十四種族は未知の文明の宇宙船がこのほかにもきていないか、捜索します。最初の宇宙船の行方を探すため、さらに宇宙船がやってくることも予想されるからです。興味のあるかたは、これから百分の二日のあいだ、宇宙船の残骸をじっくりごらんください。百分の二日後にヴィデオ放映は終了します」

宇宙船の残骸の映像が回転しはじめた。サグス＝レトの視覚触角が、光り輝くその表面をとらえる。

そこに書かれている文字を見たとき、かれは興奮のあまり、感覚器二本の先端についている素粒子感知用の超高感度探知器官を思わず作動させてしまった。するとたちまち〝視界〟に飛びこんできたものがあった。酸素と窒素……それはとりあえずインフォメーション・ホールの空気の主要な成分である……の、陽子と中性子で構成された原子核のまわりをせわしなく飛びまわる無数の電子。その向こうに、酸素や窒素の原子よりもはるかに密集して振動している3Dヴィデオ・キューブの原子。さらに、その原子のなかの電子、陽子、中性子。陽子と中性子のなかにはクォークがあり、さらにクォークのなかにはグルーオンの力が密集して振動している。

かれはすばやく素粒子感知器官と脳とのあいだのインパルス導体を遮断した。素粒子を感知しているあいだは、それ以上の大きさの物質を感知することができなくなるからだ。

するとようやく、残骸の破片の輝く表面に書かれた文字がふたたび見えてきた。

〝バフィン ハルク KH〟

あらためて、興奮が湧きあがってくる。もちろん、文字の意味はまったくわからない。だが、これは未知の文明の……つまり、四銀河の宇宙セクターを調査しようとしている知性体の文字なのだ。

わたしが生きているあいだに、この未知の存在と四十四種族との遭遇が実現しますように。未知種族との接触は、無数の興味深い情報の交換につながるにちがいない。接触が実現したあかつきにはダルゲータにどっと流れこむだろう情報への期待に気をとられ、もうひとつのものをあやうく見すごすところだった。無数のクォークのグルーオンと接触したことによるフィードバック効果を。

かれはグルーオンに変化が生じたことに気づいた。その変化がクォークに影響をおよぼし、それがまた無数の原子の陽子、中性子、電子に影響をおよぼしている。

その影響はごくわずかだから重要ではない。しかし、それがサグス＝レトの潜在意識によってひきおこされたという事実には重大な意味があった。かれの潜在意識が、クォークのグルーオンに暗示命令を送っていたのだ。

未知の文明のことなど、もうどうでもよくなった。サグス＝レトの頭のなかは物質暗示のことでいっぱいだった。いま、物質をわずかながら操作できたのは、再現不能な一回かぎりの奇蹟だったのだろうか。それとも、クォークのグルーオンに暗示的な影響力をおよぼすことによって物質を操作する潜在能力が、わたしのなかではじめて目ざめたのだろうか。

物質暗示者になるための能力が……

＊

なにかの香りを感じて、サグス＝レトは目ざめた。あたりは柔らかな、薄青色の光につつまれている。六対の感覚器をのばすと、自分が家の寝桶のなかにいることがわかった。寝桶にはられた温かい乳剤のなかでからだを動かすと、ぱしゃぱしゃと音がする。自分がどうやってインフォメーション・ホールから家に帰ってきたのか、思いだせなかった。そのかわり、暗示によって物質に影響をあたえたこと……意識的にそうしたわけではなかったし、その影響はごくわずかだったが……ははっきりとおぼえていた。それを思いだすと、大半のダルゲーテンのあずかり知らない高みにのぼれるかもしれないという期待と、夢破れて失意のどん底へとつきおとされるかもしれないという不安がいりまじった気持ちでいっぱいになった。

失望を恐れるあまり、物質暗示のことを考えてみることすらできなかった。ふつうのダルゲーテンとしてだって満足な生活を送ることはできる、と、何度も自分にいいきかせることによって、これから味わうかもしれない失望にそなえようとした。

だが、意識下のうずきがますますはげしくなり、サグス＝レトは悟った。身体的発達を停滞させたくなければ、これ以上もう真実から感覚器をそむけるわけにはいかない。

ケルマ＝ジョのことを思いだした。指導者たちは、かならず同程度の才能を持つ若者同士を訓練パートナーにする。もちろん、だからといって潜在的な物質暗示能力の有無《うむ》がパートナーのあいだでかならずしも一致するわけではない。だが、二名とも潜在能力を持っている場合には、それは同時に顕在化するはずだ。

サグス＝レトは接触感覚器をのばし、住居内コミュニケーターのセンサー・ポイントに触れる。ほどなく、寝桶の頭のほうにあるスクリーンが点灯した。

訓練パートナーの顔をまじまじと見る。ケルマ＝ジョは視覚触角を、先端の〝目〟だけをのこしてすっかりひっこめていた。

「皮膚のぐあいは、ケルマ＝ジョ？」と、サグス＝レト。

「湿っていて温かい、サグス＝レト」と、ケルマ＝ジョ。「きみの皮膚も同じであるように」

「ありがとう」と、サグス＝レトは答え、口をつぐんだ。どう質問を切りだしたらいいかわからなかったのだ。

ケルマ＝ジョがせわしなく感覚器を動かし、たずねる。

「ラノ＝フェルと話をしたか？」

ラノ＝フェルはかれらの共通の指導者だ。子供時代を卒業して若者となったかれらに、人生のあらゆる問題について助言してきた。ケルマ＝ジョがそうきいてくれたおかげで、サグス＝レトはようやく本題にはいる糸口を見つけた。

「わたしは自分の天分のしるしを感じたように思うんだ」と、ついに震えながらいった。

「わたしもなにか感じた」と、ケルマ＝ジョはすぐに答えた。「ラノ＝フェルに知らせたほうがいいよ、サグス＝レト」

「そうしよう」サグス＝レトはうなずいた。「かれが試験の手配をしてくれる。われわれに本当にその能力がそなわっているかどうか確認するための、そして……」そこで言葉につまった。

「われわれが物質暗示者になれるかどうかを判定するための」ケルマ＝ジョが興奮で呼吸孔《ふく》を膨らませていう。「わたしがラノ＝フェルに知らせる。それでいいか？」

「了解だ」と、サグス＝レト。

スクリーンが暗くなった。

しばらくしてスクリーンがふたたび明るくなり、こんどはラノ＝フェルの顔があらわれた。年配の、年齢相応に大きくどっしりしたダルゲーテンだ。

「ケルマ＝ジョにサグス＝レト！」指導者の低い声が、二名のコミュニケーターに同時に流れる。「きみたちがわたしに大きな希望をあたえてくれたことを、非常にうれしく思う。能力の片鱗《へんりん》を見せるダルゲーテンには、ほぼ確実に、完全な能力が潜在的にそなわっているものだ。だから、きみたちには物質暗示者になる能力があるものと思われる。〝気高き番人〟たちに報告しておいたから、あす、〝内なる力の館〟に招きいれられるだろう。試験にそなえておきなさい。それではまた、愛する子供たちよ」

しばらくしてようやく、サグス＝レトは緊張から解放された。

わたしには天賦《てんぷ》の才があるんだ、と、心のなかでよろこびの声をあげた。わたしは原子の支配者になるんだ！

かれは寝桶から這いだした。感覚器の一本でドアのセンサー・ポイントに触れると、リビングに通じるドアが開く。暗示命令によって私有トリプリード三匹を巣から呼びだし、自分の背中によじのぼらせる。

家を出て浮遊マシンに乗り、トゥファアン・ケル市の住居複合体の通廊やらせんシャフトを通りぬけて、もよりの保養浴場へ向かった。興奮さめやらぬまま、湯気のたちのぼる温水をはった大きな水槽に這いこむ。すでに数百体のダルゲーテンが、浅いところで身をくねらせてくつろいだり、深い場所にもぐったりしていた。子供も、若者も、大人もいる。

かれらのなかに混じったとき、サグス＝レトは突然こみあげてくるものを感じた。これがほかのダルゲーテンといっしょに温浴する最後の機会なんだ。物質暗示者は隔離され、厳重に保護されたなかで生活することになる。物質暗示者はダルゲーテンの貴重な宝だからだ。だが、その代償として孤独に生きなければならない。

それは、天賦の才とひきかえにするには高すぎる代償だろうか。

いいや。そのおかげでわれわれは、恒星間を移動し、他文明の発祥の地を訪れる可能性を得るのだから。

サグス＝レトは深く息を吸いこむと、呼吸孔を閉じ、湯にもぐった……

2

べつの知性体の住む、べつの銀河……

ドアが開き、レジナルド・ブルが執務室の控え室に出てきたのを見て、シスカ・タオミンはよろこびのあまり飛びあがった。

「きょうまで待たせてすまなかった、シスカ」そういうと、ブルは十五歳の少年の手を握った。

「お時間を割《さ》いてくださってうれしいです」よろこびに顔を輝かせてシスカがいう。「ペリー・ローダンやグッキーやジェン・サリクなど重要な人たちが去ってからというもの、かれらの仕事をすべてひきうけなければならなくなって忙しいのに」

ブルはため息をついた。

「忙しくて目がまわりそうだよ。実務はコンピュータにやらせればいいが、決断はやはり人間がくださなければならないからね。おいで。すべて準備しておいた」

シスカ・タオミンの肩に腕をまわし、控え室から長い通廊へと連れだすと、双方向に動いている搬送ベルト二本の一方にいっしょに乗りこむ。

「ペリー・ローダンはいったいどこへ行ったんでしょう？」と、シスカがたずねる。

「もちろん、かれが向かったのは……」と、ブルはいいかけてあわてて口をつぐみ、ほほえんだ。「わたしとしたことが、もうすこしで口をすべらせるところだった。シスカ、申しわけないが、ペリーのミッションは極秘事項なんだ」

「秘密は守ります、ブリー」と、少年は食いさがる。「ぼくが信用できる人間だということはご存じでしょう」

「そのとおりだ」と、ブル。「きみには、ヴァマヌの〝オペレーター〟を捜索したときの借りもある。だが、ペリーの行き先を教えれば、きみを危険にさらすだけだ。それを知るためならどんなことでもやりかねない者がいる。きみが秘密を知っていることを、その存在が知ったら……」かれは喉に手をあてて、掻ききるまねをしてみせる。

「セト＝アポフィスのことですか？」と、シスカがささやく。

ブルはうなずくと、シスカの腕をつかみ、搬送ベルトから跳びおりた。

「転送機を使う」と、説明すると、大きなハッチを顎でさししめす。ハッチには発光文字で、〝テラ転送機システム　特殊プログラミング・コードの所有者以外、使用禁止〟と表示されている。

ハッチの前で、ブルとシスカは立ちどまった。ブルがコード・インパルス入力機能をそなえた多目的アームバンドを操作すると、ハッチがまんなかから左右に開いた。

「ナム＝ラパの故郷惑星の座標はわかっていないんですか？」と、シスカがたずねる。

「残念ながら」ブルは、少年とともに比較的ちいさな転送ホールに足を踏みいれながら答える。「われわれとしては、ダルゲーテンの故郷惑星が〝それ〟とセト＝アポフィスの力の集合体のあいだの〝リンボ〟にあると推測するのみだ。だがそれでは、インド洋の海底のどこかに真珠大の情報カプセルがある、といっているようなもの」

「そうですね」シスカは、ブルとともに転送機のアーチ形グリッドに足を踏みいれながらいった。「ぼくら、ダルゲーテンを見つけることはできないんですね」

レジナルド・ブルは否定も肯定もせず、転送ステーションのポジトロニクスと短い会話をかわした。その後、非実体化と再実体化をへて、目的地についてから少年にこう説明する。

「かならずしもそういうわけでもないんだ、シスカ。いつの日にか、われわれはダルゲーテンの惑星を発見するだろう。ヴァマヌの証言によれば、ダルゲーテンは数多くの高度な他文明と接触しているという。われわれがそうした文明のどれかと接触することがあれば、ダルゲーテンの惑星の座標について情報を得ることもできるかもしれない。もちろん、リンボをくまなく探すなどという方法は不可能だが、ここ三カ月ほど、宇宙船団を〝それ〟の力の集合体とリンボの中間宙域のあちこちへ送りこんでいるところだ」

かれは深刻な顔になった。

「残念なことに、すでに宇宙船一隻が行方不明になっているが」

そのあいだにもふたりは先へ進んでいたが、ハッチの前で立ちどまった。ハッチには赤い発光文字でこう表示されている。

〝情報シミュレーション室　有資格者以外、立入禁止〟

レジナルド・ブルがふたたび多目的アームバンドに内蔵されたコード・インパルス入力装置を操作すると、ハッチが開き、半円形の空間があらわれた。つきあたりの湾曲した壁の前に、大きなデータ・スクリーンつきのコンソールがある。水色のコンビネーション姿の男女が三名ずつコンソールの前にすわり、真剣な面持ちで作業している。

「おいで」と、ブル。「そんなものは気にしなくていい、シスカ。ただの特殊ロボットだ。無資格者の侵入を検知して捕まえるのが役目なんだ」

そう説明されたにもかかわらず、シスカ・タオミンは〝そんなもの〟を見て身震いした。三つの物体が入口のところで左右に浮遊している。外見こそテラのスペース＝ジェットによく似ているが、大きさはバスケットボールくらいしかない。薄紅色の機体に極小のセンサー類がついているのが、かろうじて見える。

「無資格者がどうやってここに侵入するというんです、ブリー?」と、シスカ。

「ヴァマヌのことを思いだしてごらん。そうすれば、監視された空間に何者かが人知れず侵入して、機器を操作する可能性があることがわかるはずだ」

　シスカはうなずいた。

「ヴァマヌがいてくれたらよかったのに。アヴァタルの文明についてもっと知りたかった」

　ブルは曖昧《あいまい》なしぐさをした。

「たしかにヴァマヌは永遠にさらばだといったが、いつかはほかのアヴァタルと接触する機会もあるだろう」

「そのいつかというのは千年後かもしれません」と、シスカは悲しそうな顔で答えた。「ぼくはとっくに死んでいる。どうして人間は死んでしまうんでしょう。あ、細胞活性装置保持者はべつですけどね」

「死が前もって生物学的・遺伝学的にプログラミングされているということだけはわかる」と、ブルも悲しげな面持ちで説明する。「だが、その理由はわたしにもわからない」

「これからナム＝ラパに会えるんですか、ブリー？」と、シスカがたずねる。

　ブルは少年の頭をなでた。

「これは情報シミュレーションだ。ナム＝ラパにじかに会えるわけではない。われわれはかれの遺体を宇宙船の急速冷凍タンクにのこしてきたのだからね。これから、ポジトロニクスによるシミュレーションを見せる。そのなかできみが出会うのは、ポジトロニクスがつくりだしたナム＝ラパの分身だ。ポジトロニクスがかれの宇宙船を調査したうえで、故郷惑星でのかれの生活を想像し、その行動を再現したものだ。だから真実の核にもとづいてはいるが、実際とは違う部分も多々あるかもしれない。それをおぼえておくように」

「どっちにしても、わくわくします」シスカが顔を紅潮させて答える。

「それじゃ、おいで」と、ブルはいった。

＊

最初、シスカの精神はポジトロニクスの情報シミュレーション投映のなかに組みこまれることをためらった。自分の人格を失うことを恐れたのだ。

「シスカ、恐がらなくていい」と、やはり投映のなかにはいりこんだレジナルド・ブルがいう。ポジトロニクスに組みこまれたシスカの意識には、現実の世界にいるときと同じようにかれの姿が見えている。「ごらん、あそこにナム＝ラパがいる」

「ええ、ブリー」と、シスカ。不死者ブルの存在とかれへの絶対的な信頼感が、不安な気持ちを吹きはらった。

さしだされたブルの手を握り、かれとともに、ホールのような大きな部屋のまんなかにある深皿状の窪みへと近づいていく。床と壁をおおう彩色タイルは結露していた。発光天井から、暗赤色の光が部屋じゅうに降りそそいでいる。

窪みの縁まであと数メートルのところで、ブルと少年は立ちどまった。

シスカは、自分たちに向かって触角をのばしてくる生物をうっとりと見つめた。ダルゲーテンは巨大なナメクジに似ていたが、その姿を見ても嫌悪感はおぼえなかった。体長六メートル半。その正確な寸法を、シスカは自分自身も参加した捜索隊の報告書を読んで知っていた。もっとも、そのときダルゲーテンの遺体を見たわけではなかったのだが。

細かいところまでじっくり観察するうちに、ナム＝ラパとテラのナメクジの違いがだんだんとわかってきた。

たとえば、ダルゲーテンの頭部はナメクジのそれよりもずっと大きい。からだ全体の三分の一を占めており、半球状に盛りあがっている。からだもナメクジよりずっと色鮮やかで、赤と玉虫色に輝く青に彩られている。

突然、歌声のような音が聞こえてきたので、シスカは思わずぎくりとした。

「トランスレーターのスイッチをいれるんだ、シスカ」と、ブルがいう。

いわれたとおりにすると、たちどころに、聞きとれなかった言葉の意味がわかるようになった。

「……きみたちはテラナーだな」という言葉がトランスレーターから流れる。「わが故郷惑星ダルゲータへようこそ！　なにか飲み物をすすめたいところだが、われらの飲み物はきみたちのからだには毒なのではないかと心配だ」

「まずまちがいなく、そうだろうな」と、レジナルド・ブルが答える。「だが、きみと話ができてうれしい、ナム＝ラパ」

「あなたは物質暗示者なんでしょう？」と、シスカ・タオミンが興奮ぎみにたずねる。

「物質暗示のしくみを教えてくれませんか、ナム＝ラパ」

「残念ながら、その点についてわたしは記憶障害を起こしているといわざるをえない、シスカ」と、ダルゲーテンが答える。「だから、きみの質問には部分的にしか答えられない。物質暗示とは、おそらく、直接グルーオンに働きかける能力と思われる。グルーオンとは、陽子と中性子の内部でクォークをまとめている力だ。物質暗示者はこのグルーオンを暗示プログラミングすることによって、クォーク、陽子、中性子、電子といった比較的大きな素粒子のふるまいを間接的にプログラミングするのだ。これらの素粒子を通じて、原子のふるまいも影響をうける。影響をうけるのは原子のふるまいだけではない。原子番号や原子量も変化する」

「原子番号や原子量まで？」シスカは驚いて大声になった。「どうやってそんなことが？」

「いまはこれ以上のことはわからない」と、ナム＝ラパ。「だが、テラの物質転換機が原子番号のちいさい原子をより大きい原子番号の原子に変化させる原理と、ほぼ同じなのだろうと思う」

シスカは助けをもとめてブルの顔を見る。

「ぼく、物質転換機のことなんて、ほとんどなにも知りません、ブリー」

「当然だ」と、ブル。「物質転換機の作動原理と相互関連性を完全に理解するには、すくなくとも十年間の集中学習が必要だ」

「あなたも学んだんですか？」畏敬の念をこめてシスカがたずねる。

「最重要の技術を完全にマスターしていなければ、わが任務は遂行できないのだよ、きみ」と、ブル。「わたしにはそのための充分な時間もあった。通常の人間の寿命では、あれだけの知識はとても習得できるものではない」かれの顔が苦しげにゆがんだ。「だが、どれほど費用がかかったかは、きかないでくれ。あとで頭が痛くなるから」

シスカはうなずくと、ダルゲーテンの存在を思いだしてふたたびそちらへ顔を向けた。

「それで、物質暗示者も任務遂行のためにはすべてをマスターしなければならないのですか？」うやうやしくたずねる。

「それについてもわたしには記憶がない」と、ナム＝ラパ。「だが、物質暗示者になるには天分の有無がもっともだいじなのだと思う。その天分は突然変異で授かるものであり、遺伝しないのだろう。そうでなければ、物質暗示能力の持ち主が全ダルゲーテンの〇・一パーセントしかいないという事実の説明がつかない」

「そうですね、そのとおりだと思います」と、シスカ。「天分ですか！　すごいな！　じゃ、あなたがたの文明は暗示で物質を変化させて生まれたのですね。そうなんでしょう？」

「それだけでは文明は築けない。すくなくとも、機械文明は無理だ」と、ダルゲーテンが答える。「もっとも、われわれはちいさな生物を助手として使っている」

突然、ナム＝ラパの頭の上に、体長十五センチメートルほどの、体節が三つに分かれた生物が四匹あらわれた。ザリガニとエビと巨大なシロアリをかけあわせたような生物だ。

「わたしの私有トリプリードだ」と、ナム＝ラパが説明する。「把握器官をごらん。きみの手によく似ている。違いは、きみの手よりもちいさいことと、キチン質でできていることだけだ。かれらはこれを使って、把握器官を持たないわれわれダルゲーテンにはできない作業をすべてこなすことができる。最近ではその仕事はおおむねロボットに肩がわりされるようになったが、いまでもわれわれは身のまわりの世話をさせるためにトリプリードを所有している。かれらが単独では生きられないほどわれわれに依存するようになってしまったからだ」

「トリプリード？　ぜんぜん知らなかった！」と、シスカはつぶやき、そのときようやく、そこにいるダルゲーテンがシミュレーション投映の一部にすぎないことを思いだした。ほんもののナム＝ラパははるか二万二千光年の彼方にいて、氷の柩《ひつぎ》のなかに横たわっている。「トリプリードって本当にいるんですか、ブリー？」

レジナルド・ブルは深く息を吸いこんだ。

「これがポジトロニクスがうつしだす一種の夢にすぎないことを、わたしも忘れていたよ、シスカ。だが、トリプリードは実在の生物だ。調査チームが、エレクトロン宙航日誌からトリプリードに関する記述を発見したのだ。その結果、ナム＝ラパの宇宙船内からトリプリード四匹が発見された。もっとも、すべて死んでミイラ化していたが」

「死んだなどとどうしていえる、ブリー？」と、ダルゲーテンがたずねる。「かれらはここにいるではないか。わたしのそばに」

「なんだって？」わけがわからないといった顔でブルがたずねる。「どういう意味だ？」

「わたしのトリプリードはここにいる、わたしのそばに」と、ナム＝ラパが説明する。「それなのに、かれらが死んでミイラ化したなどとどうして主張できる？　それに、なぜわたしの船を調べたのだ？」

ブルの額に汗が玉のように噴きだした。

「投映は中止だ、シスカ」と、かれはいった。「ナム＝ラパのポジトロン・シミュレーションが制御不能になった。プログラミングにミスがあったか、われわれがなにかまずいことをしたかだ。おーい、制御センター！ 中止だ！」

「どういう意味だ」と、ダルゲーテンがたずねる。「わたしは自分自身のポジトロン・シミュレーション映像にすぎないというのか？」

ブルの汗はさらにひどくなった。

「残念ながらそういうことだ。おい、どうして中止しない？ 制御センター、投映を中断しろ！」

「このような屈辱的状態は耐えがたい」と、ナム＝ラパ。「わたしが終わらせてやる」

「あなたの言葉をかれは疑っていません、ブリー」と、シスカは驚いていった。

「明白な言葉をなぜ疑う必要がある」と、ダルゲーテン。

「言葉は証明になりませんよ」と、少年が答える。

「言葉は証明以上のものだ」ダルゲーテンは反論した。

「きみは嘘というものを知らないのか？」と、ブルがあきれていう。

「なんのことだ」と、ナム＝ラパ。

「だれかがわざと偽りをいうかもしれないとは思わないのか？」と、ブルがたずねる。

「偽りとはなんだ？」と、ダルゲーテン。

「きみの頭から生えているのは感覚器ではなく触手だ」と、ブル。

「なるほど、わかった。われわれダルゲーテンが感覚器と呼ぶものを、きみたちは触手と呼ぶのか。つまり、偽りとは、意味論的な意見の相違のことなのだな。会話を一方的に打ちきって申しわけないが、こんな状態にはもうがまんがならない」

ナム＝ラパの姿がふいに消えた。深皿のような窪みがあった場所には、縁がぎざぎざの大きな穴が床にあいている。突然、雷鳴のような音が轟《とどろ》いた。

「ブリー！」シスカはぎょっとして叫んだ。「床が揺れています！」

「これは現実ではない」レジナルド・ブルはシスカをおちつかせようとしていった。「心配いらない。いっさい危険はない。おーい、制御センター！　こんなばからしい随伴現象を起こさないで中断することはできないのか？」

床がさらにはげしく揺れた。轟音《ごうおん》はさらに大きくなった。壁や天井に無数のひび割れが生じ、またたく間に拡大していく。突然、暗くなったかと思うと、轟音とともに周囲全体が崩れおちてきた。

「助けて！」シスカ・タオミンは大声をあげてシートから立ちあがり、逃げだそうとした。

ブルは少年をひきもどし、

「もう終わった」と、いった。「現実の世界にもどったんだ。いままで見ていたのはただのシミュレーションだ」

振りかえって、シミュレーション投映の制御センターがうつしだされているスクリーンを見た。

「カーン、この騒ぎを未然に防ぐことは本当にできなかったのか？」怒りをふくんだ声でブルはいった。「この子がすっかりおびえてしまったじゃないか」

「申しわけありません、レジナルド」カーンは困った顔でいった。「ですが、ナム＝ラパをシミュレートしていたインパルス群が突然、制御不能になり、勝手に動きはじめたのです。自発的に消えたからよかったようなものの、そうでなかったらどうなっていたか、わたしにはわかりません」

ブルは蒼白になった。

「じゃ、場合によっては、われわれの意識は何週間もポジトロニクスのなかをさまようことになったかもしれないというのか？　われわれをそこから救いだすことは、きみにはできなかったと？」

カーンはうなずいた。

「シミュレーションの登場人物のひとりが拒否すれば、投映を終わらせることはできません」

「そういうことは事前にいってもらいたい、カーン」

「事前にはわからなかったのです、レジナルド。インパルス群が制御不能になったのはこれがはじめてですから。原因をつきとめます。ナム＝ラパのパーソナリティを合成するプログラミングになにかミスがあったのかもしれません」

「こんなことが二度とあってはならない、カーン」ブルはきびしい面持ちでいった。「原因が確認され、このような事故が二度と起こらないことが保証されるまで、シミュレーション投映は禁止だ」

かれはシスカの肩に腕をまわした。

「コーヒーでも飲んで気をおちつけようじゃないか、シスカ。軽率なことをしてすまなかった。アクシデントの可能性を事前にたしかめておくべきだった」

シスカはブルをじっと見つめ、ほほえんだ。

「謝る必要なんかありません。あなたは軽率なことをしてはいません、ブリー。インパルス群が暴走したのはこれがはじめてだとカーンはいいました。だから、警告しようがなかったと」

「ありがとう、おかげで気が楽になった」と、ブルは答える。「そうはいっても、恐い思いをさせたお詫びをしなければ。シスカ、願いごとをなんでもひとつ聞いてあげよう」

シスカ・タオミンはいたずらっぽくほほえんだ。

「ぼくが聞いてもらえる願いごとはふたつになりますよ、ブリー。ヴァマヌのオペレーターのかくし場所について情報を提供したごほうびをくれるって約束してくれましたよね？」

ブルはてのひらで額をたたいた。

「そうだった！　すまない、うっかりしていた。なにが望みだ？」

「鉱物学者の調査旅行に参加して異惑星に行ってみたいんです」と、少年はいう。

「調査旅行か……ペリーは予知能力があるにちがいない！　きみへの特別な報酬として、まさにそれを提案していたよ。よろしい、約束しよう、シスカ。それで、ふたつめの願いごとは？」

「ダルゲーテンの故郷惑星といつか接触できたときに、ぼくがまだ生きていたら、そこへ向かう最初の宇宙船に乗せてください」

ブルは両手でシスカの肩をつかむと、かれの目をじっと見つめた。

「ナム＝ラパのことが好きになったのだね？　じつをいえば、わたしもだ。ダルゲーテンが嘘を知らないから、という理由だけにせよ。よろしい、わたしにそれを決める権限があれば、その願いも叶《かな》えてあげよう。だが、まずはコーヒーを飲みにいこう。なにか食べたいものがあれば遠慮なくいってくれ。どうだね？」

「ありがとうございます」と、シスカ・タオミン。「それじゃ、ヴァニラアイスと生クリームをそえたストロベリータルトを三ついただきます」

ブルは笑いだした。

「すごい食欲だ。じゃ、ストロベリータルトを食べにいこう!」

3

深い瞑想状態に沈んでいたサグス＝レトの意識は、しだいに現実の世界にもどってきた。六対ある感覚器の一対が合成芳香信号を感知したのだ。コミュニケーターのスイッチをいれろという信号だ！

サグス＝レトは視覚触角をのばして状況を把握すると、接触感覚器で、コミュニケーターを作動させるセンサーに触れた。

スクリーンが点灯し、ラノ＝フェルの顔がうつしだされた。

「皮膚のぐあいは、サグス＝レト？」と、指導者がたずねる。ダルゲータではこれが一般的なあいさつの言葉なのだ。

「湿っていて温かいです、ラノ＝フェル」と、サグス＝レトは答える。「あなたの皮膚も同じでありますように」

「ありがとう。これ以上ないほど良好だ」と、ラノ＝フェル。「からだを水で、心を瞑想で清めたか？」

そのときはじめて、サグス＝レトは、自分とケルマ＝ジョの指導者が自分だけに話しかけていることに気づいた。

「ケルマ＝ジョのコミュニケーターには接続していないのですか？」と、たずねる。

「していない。ほかのダルゲーテンとまとめて連絡をとるなどということは、未来の物質暗示者に対して恐れ多いからな。連絡したのは、きみを二十分の一日後に内なる力の館によこすようにと、気高き番人が知らせてきたからだ。わが弟子ふたりが〝名状しがたき力〟によって物質暗示者として選ばれるとは、こんなにうれしいことはない」

「わたしはまだ試験に合格していません」サグス＝レトはちいさな声でいった。「いっしょにきてくれますか、ラノ＝フェル？」

「行くとも。だが、わたしは試験に立ち会うことは許されていない」と、ラノ＝フェルは答える。「千分の二日後に、トゥファアン・ケルの大北門の前でケルマ＝ジョときみを待っている」

「ありがとうございます」サグス＝レトは不安な声を出した。内臓が収縮し、心臓袋が脈動する両性具有の生殖器官に圧迫されるのを感じる。まるで、本来より何日も早く受精がはじまろうとしているみたいだ。すべて、突然に感じた不安のせいだろう。

それでも、出発を先のばしにはしなかった。瞑想していた寝桶から出ると、私有トリプリード三匹を呼びだし、浮遊マシンに乗って住居複合体の大北門へと向かった。

大北門の制御ステーションから、ラノ＝フェルがすでに門外の都市間浮遊マシンのなかで待っているとの連絡をうけ、浮遊マシンに乗ったまま大北門を通過する。

門から外へ出ると、青色巨星クセラシュの放射が容赦なく照りつけてきた。サグス＝レトは、皮膚が干からびてしまわないようにできるだけ身を縮めた。さいわい、ラノ＝フェルの屋根つき大型浮遊マシンは、大北門からそれほど遠くない、トゥファアン・ケル市をとりまく低木のジャングルの空き地にとまっていた。ちいさな湖が点在するそのジャングルは、近郊のリゾート地になっている。ジャングルも暑いことには変わりはないが、湿度が高く、恒星の放射が樹冠にさえぎられて直接とどかないため、ダルゲーテンにとって最適な生活条件を満たしているのだ。

浮遊マシンは屋根のない格納庫に着陸し、サグス＝レトが降りるとふたたび飛びたった。サグス＝レトは大型浮遊マシンに乗りこむと、短い通廊をぬけ、六座あるキャビンにはいった。キャビン内のスクリーンにはまわりの景色が三百六十度うつしだされ、みごとなパノラマを見せている。

「ようこそ、サグス＝レト！」と、ラノ＝フェルがいう。「ケルマ＝ジョもじきに到着する。そしたら出発だ。ま、かけなさい」

「ありがとうございます」と、サグス＝レト。

六つある窪みのひとつに這いこむ。ほどなくケルマ＝ジョも合流して窪みにおちついたのを確認し、ラノ＝フェルが浮遊マシンのポジトロニクスに出発命令を出した。

機はスタートし、都市間浮遊マシン専用の、肉眼では見えない空中道路に進入する。この時間、交通量はほとんどない。ダルゲーテンは夜行性だ。昼間眠ることが体質上必須というわけではないが、活動するのはおおむね夜間だ。

サグス＝レトはスクリーンを見ていた。そこには、恒星クセラシュの第九惑星ダルゲータの地表がうつしだされている。トゥファアン・ケル市近郊リゾートの緑地帯の外側には、食用葉物植物の沼沢耕地がひろがっている。沼沢耕地以外の、溝を掘って水をぬいた畑では、根菜類が栽培されている。輸入植物もあった。骨組みのようなかたちをした農業ロボットが何体も耕地のなかを動きまわり、草むしりをしたり肥料をやったり、剪定《せんてい》や収穫作業をしたりしている。

浮遊マシンは大きく弧を描いて、ラギイス・ゴーラ宇宙港を迂回した。ダルゲータにぜんぶで四十三ある中型宇宙港のひとつで、シルテゴール銀河内の惑星に住む恐竜知性体ラギイサ専用だ。この宇宙港のすぐ近くに、ラギイサの通商センターがある。ちょうど、ラギイサ船が着陸するところだった。大きな卵のようなかたちをした宇宙船が銀色に輝いている。恒星間・銀河間の通商はもっぱら、友好関係にある四十三種族によっておこなわれている。ダルゲータには独自の商船団も戦闘艦隊もない。ダルゲータは、友好諸種族との安全保障協定によって守られているのだ。

サグス＝レトがラギイサ船の着陸を眺めているあいだに、空が突然暗くなり、雨が降ってきた。ダルゲータではよくあることだ。もっとも、雨が降るのはたいていは夜間だが。

百分の一日後には、浮遊マシンは降雨地域をぬけ、ゴファアル・デー市の工業地帯上空にさしかかった。ダルゲータの工業地帯はすべてそうだが、ゴファアル・デー市も、中核の周囲にさまざまな建築物がしだいに積み重なった、高層建築のよせあつめだ。よそ者の目には、このような複合体はおそらく無秩序に見えるだろう。だが、ダルゲーテンから見れば、それは目的にかなった秩序の典型だ。実際、ダルゲータの工業生産性は非常に高い。

サグス＝レトは、ゴファアル・デー市から放射状にのびている地上すれすれの空中道路を輸送用大型浮遊マシンが飛びかうさまを見ていた。沼沢地という土地の性質から、地下交通網の整備は断念されていた。

数千年前、コンピュータ技術の発達によって、ダルゲーテンはそれまでの組織上のジレンマから解放された。全決定をコンピュータにゆだねることにしたのだ。これによって、すべてのダルゲーテンにとり、あらゆることに関して最善の決定がくだされるようになった。それまでずっと、実行力のある政府を成立させようと模索してきたが、うまくいかなかった。自分たちがそういうことに向いていないのだと認めざるをえなかった。

利己心も競争心もないメンタリティがその原因だった。歴代政府はなにか決定をくだすとき、不利益をこうむる者も得をする者も出ないようにしようとした。そうするためには、すべてのダルゲーテンの生活全般を完璧に把握することが必要だったが、統計と官僚主義を嫌う種族の反対にあって、その試みはつねに挫折してきた。コンピュータ技術によってその難題がようやく解決されたのだ。

「もうじき到着だ」ケルマ＝ジョがいった。

サグス＝レトは物思いを振りはらい、浮遊マシンの前にひろがる光景がうつしだされている大スクリーンを見つめた。海面すれすれに、太い支柱に支えられた鋼色の巨大な球が見えてきたとき、身震いが出た。

内なる力の館だ！

そこには気高き番人が住まう。〝内なる力の教団〟を構成する、経験豊かで賢明な物質暗示者たちだ。かれらの役目は、潜在的な物質暗示能力を持つ者に試験をおこない、その潜在能力が訓練に値《あた》いするほどのものかどうかを見きわめること。

突然、浮遊マシンのキャビンに、歌うような声が響きわたった。絶対的な権威を感じさせる声だ、と、サグス＝レトは感じた。

「ラノ＝フェルおよびその弟子たちよ」と、声はいった。「これより、きみたちの浮遊マシンはわれわれが遠隔操作する。内なる力の館に到着するまで、席について待ちなさい」

サグス＝レトは硬直したように横たわっていた。背中に乗っているトリプリード三匹も動かなくなった。まるで、いままでの生活を一変させる神秘的な世界に、これからはいっていくことを予感したかのように。

浮遊マシンはスピードを落として降下し、鋼色の球にあいた穴へと吸いこまれていった……。

4

「内なる力の館へようこそ！」歌うような声が響いた。浮遊マシンのコミュニケーターから呼びかけてきた声だ、と、サグス＝レトは思った。

浮遊マシンは、遠隔操作によって、水色に輝く壁を持つホールのような格納庫へと導かれていく。浮遊マシンがなかにはいると、格納庫の出入口はふたたび閉じた。声は、こんどはコミュニケーターからではなく、浮遊マシンの外側マイクを通して聞こえてくる。だが、格納庫にはだれもいない。

「わたしはナンドゥ＝ゴラ」と、声はいった。「今年、内なる力の館の調整コンピュータを管理することになっている気高き番人だ。ラノ＝フェル、気高き番人の一名がきみを部屋へ案内する。試験が終わるまでそこで待っていなさい。わたしの期待どおり、二名が首尾よく試験に合格したあかつきには、きみはサグス＝レトとケルマ＝ジョの指導者の任務を解かれる。住まいへもどり、指導者としてあらたな弟子の世話をするように。われわれの期待に反して二名が不合格となった場合は、サグス＝レトとケルマ＝ジョを連れかえり、二名が性成熟を完了して成年の身分を得るまで、指導者として世話をするように。

サグス＝レトにケルマ＝ジョ、千分の一日以内に気高き番人二名がきみたちを迎えにきて、試験をおこなう。すべての試験に合格したあかつきには、その二名が訓練終了まできみたちの指導者となる。準備して待っていなさい」

「トリプリードを連れていってもいいでしょうか？」ケルマ＝ジョがおずおずとたずねる。だが、返事はない。

「連れていってもかまわないと思う」と、ラノ＝フェルがいう。「わたしひとりでトゥファアン・ケルに帰りたいものだ。きみたちを教えるのは楽しかったし、いないと寂しくなるだろうがな」

「ラノ＝フェル、生殖器官が脈打っているような感じがするんです」と、サグス＝レトが小声でいう。「これは早期成熟の兆候なのでしょうか。受精が起きるのでしょうか」

「そんなことはないと思う」と、指導者は答える。「物質暗示の潜在能力を持つ者は試験前にそんなふうに感じるものだと聞いたことがある。だが、わたしが知るかぎり、不適切なときに受胎したという理由で内なる力の館を追いだされた受験者はいない。そんなふうに感じるのは、おそらくたんに神経質になっているからだ」

「わたしも、サグス＝レトと同じような感じがします」と、ケルマ＝ジョがいう。

「そのときがくれば、きみたちは親になる」と、ラノ＝フェルは説明する。「十八日後に受精が起き、四十日後には出産する」

そのときには、物質暗示者になる訓練はもう終わっているのだろうか？　サグス＝レトはそう思った。

その先のことは考えなかった。ダルゲーテンには、子供の世話をするという観念はない。かれらにとって、子孫をのこすという仕事は出産とともに完了するのだ。もっとも、文明の発達とともに、その昔、海のなかやジャングルに住んでいたときのように子供を産みっぱなしにはしなくなったが。子供は特別な託児所に預けられ、そこで世話される。理解力のある年齢に達すると、二名ないし四名ずつ指導者に預けられ、教育と訓練をうける。

格納庫の壁の一枚がドアになっていて、開いた。年配のダルゲーテン三名がはいってくると、浮遊マシンの前でとまった。

「行こう」と、ラノ＝フェルが弟子たちにいった。

全員で浮遊マシンを降りて、気高き番人たちに近づく。

「わたしはシタ＝カル」と、気高き番人の一名がいう。「いっしょにきなさい、ラノ＝フェル」

「わたしはクルマ＝プジャ」と、べつの一名がいう。「サグス＝レト、試験のあいだ、きみを案内する。いっしょにきなさい」

サグス＝レトが気高き番人についていくあいだに、三番めの番人がいう。

「わたしはヴァス＝デヴァ。ケルマ＝ジョ、試験のあいだ、きみを案内する。いっしょにきなさい」

サグス＝レトはぼうっとしながら、クルマ＝プジャについていった。格納庫から出て、こみいった通廊とらせん状のシャフトを通りぬけていく。壁は水色に発光し、床はなめらかで温かく、空気は蒸し暑い。

やがて、サグス＝レトは、トリプリードたちが不安に震えていることに気づいた。無意識にかれらを暗示にかけ、自分が感じている不安を伝染させてしまったにちがいないと思い、愕然とする。暗示によってクルートとホルクとリースに自信を吹きこむべく、急いで不安をしずめようとした。

クルマ＝プジャはとある細長い部屋でようやくとまり、栓をしたガラス瓶が置いてある台を感覚器でさししめした。

「水素ガスだ」と、説明する。「暗示によってグルーオンに働きかけ、これをイオン化してプラズマに変化させなさい。そのさい、温度をあげてはならない」

そんなことをかんたんにいわれても！　サグス＝レトは思わず、一対の超高感度探知器官をひっこめた。ダルゲーテンならだれでも、これを使って、数百〝長単位〟はなれた場所からひとつひとつの原子内の陽子と電子の電荷を測定することができる。

同様に、ダルゲーテンならだれでも、この探知器官で物質に直接触れた場合には、クォークと反クォークの電荷を測定することができる。

こうした能力にくわえて、物質暗示能力の持ち主は、最大でほぼ九十長単位はなれた場所から、陽子や中性子や電子だけでなくクォークやグルーオンを感知し、それらの電荷を測定することができる。クォークに内在する力、すなわちグルーオンに働きかけ、それらのふるまいを暗示によって操作する能力も持っている。

「きみがどう思ったかはわかっている」と、クルマ＝プジャ。「だが、わたしは不可能なことを要求しているわけではない。潜在能力者であれ、活性化した能力者であれ、きみが物質暗示者なら、集中すればこの課題はこなせるはずだ。これはいちばんかんたんな課題だから」

いちばんかんたんな課題だって？　サグス＝レトは仰天した。だったら、本当にむずかしい課題はどうやってこなしたらいいんだ？

その動揺がトリプリードたちに伝染したのを感じ、恥ずかしくなった。ダルゲーテンならだれでも、つまり物質暗示能力の持ち主でなくても、脳内の超心理領域を使って、自分よりも知性で劣る生物に暗示影響をおよぼすことができる。わたしは潜在的物質暗示者なのだから、なおさらトリプリードたちの感情をポジティヴな方向に持っていくことができて当然だ。

「集中しなさい！」と、クルマ＝プジャがいう。

いわれたとおり、サグス＝レトは全神経を集中させた。不安が消えさり、トリプリードたちにも自信が伝わっていくのがわかった。

すると突然、陽子一個からなる水素原子の原子核の周囲をまわっている、数十億の電子のせわしない動きが〝見えた〟。さらに、陽子のなかのクォークが〝見え〟、クォークをまとめている力、すなわちグルーオンが識別できた。

かれは突然、グルーオンを通じてクォークと陽子と電子に連鎖反応を起こさせるにはどうしたらいいかを理解した。この連鎖反応によって水素ガスの分子が電子とイオンに分解され、たがいの電荷が相殺《そうさい》しあって、空間電荷のないガス、つまりプラズマが発生するのだ。

「どのようにすればいいか、説明せよ」と、クルマ＝プジャが命じる。いわれたとおり、サグス＝レトは手順、グルーオンの反応、連鎖反応の経過を逐一、説明する。説明に没頭するあまり、クルマ＝プジャにそういわれるまで、かれは自分が課題を完全に解決していたことに気づかなかった。

「きみは、天賦の才の持ち主であることを証明した」と、気高き番人は宣言する。「これからの試験は、きみが物質暗示者になれるかどうかを見るためのものではない。きみの能力の将来性と、それに応じてどんな訓練センターが向いているかを見きわめるためのものだ。そのうちの三つをきょう実施し、のこりは訓練の第一段階のあいだに中間試験として実施する。おめでとう、サグス＝レト」

強いよろこびがサグス＝レトの心に湧きあがってきた。かれは突然、宇宙の秘密が自分に明かされたことに気づいた。わたしは〝名状しがたき力〟によって選ばれた者たちの一員なのだ。宇宙でもっとも高度に発達した文明の代表者として異文明世界へおもむき、かれらだけでは解決できない問題を解決する手助けをすることになるのだ。

＊

「サグス＝レト、ケルマ＝ジョ。きみたちはどちらも、四つの基礎試験を最高の成績でクリアした」と、ナンドゥ＝ゴラが歌うようにいった。「われわれ全員、〝名状しがたき力〟に感謝している。二世代ぶりに、あらゆる種類の訓練をうけさせられるほど強い能力を持った物質暗示者があらわれたのだからな」

サグス＝レトとケルマ＝ジョは大きなホールにいた。水色に輝く金属の壁には、ダルゲーテンがこれまで輩出してきた物質暗示者たち全員の名前が真っ赤な文字で刻みこまれている。若者二名の胸は、誇りとよろこびに満ちていた。

「だが、天賦の才に恵まれていればいるほど、その持ち主の責任は重くなる。よろこびにかまけてそれを忘れてはならない。サグス＝レト、ケルマ＝ジョ、きみたちはわが種族の秘密を知らなければならない。物質暗示者以外のダルゲーテンには秘匿《ひとく》されている種真実を。秘匿されている理由は、かれらがそれを知れば、われらが文明のさらなる発展を阻害しかねないトラウマとなるからだ。

内なる力の教団は、能力の持ち主たちに、真実に耐えることをもとめている。それをトラウマにではなく、積極的な生き方に変換する力をもとめている。この要求に応えられる者だけが、訓練を終えて内なる力の館を出たあと、物質暗示者として異文明に助力を申しでることができるのだ。

サグス＝レト、ケルマ＝ジョ、きみたちに訓練をうけさせるか否かを最終的に決める前に、環境と出来ごとのシミュレーションをポジトロニクスによってつくりだし、きみたちをわが種族の遠い過去へと時間旅行させることにする。われわれダルゲーテンが異文明のにない手に対して優越感をいだくことなどできないと、きみたちにわからせるためだ。きみたちはショックをうけるだろう。だが、わたしの期待どおりそのショックを精神的に克服できれば、ダルゲーテンが劣等感をいだく必要もないことがわかるはずだ。

過去への時間旅行を終えたら、ダルゲーテンが、なかでも物質暗示者が、われわれの知るかぎりの宇宙のなかでどんな地位を占めているか、きみたちに質問する。きみたちの返答を聞いて、わたしが最終的な決断をくだすことになる」

サグス＝レトは困惑してあたりを見まわした。ナンドゥ＝ゴラがなにをいっているのか、過去への時間旅行シミュレーションのなかでどんな真実を知ることになるのか、まるでわからなかった。だが、ナンドゥ＝ゴラの声の重々しさや、臨席している気高き番人たち四百名ほどの真剣な表情から、調整コンピュータ管理者ナンドゥ＝ゴラの言葉は無意味なこけおどしではなく、重大な事実なのだということははっきりとわかった。

「サグス＝レト、ケルマ＝ジョ」と、ナンドゥ＝ゴラが話をつづける。「これから案内人がきみたちを、しずかに瞑想できる部屋へと案内する。半日たったら、ポジトロニクスのシミュレーション・ルームへ連れていく。そこで、きみたちの精神はわが種族の過去へと時間旅行するのだ。きみたちに勇気と力のあらんことを」

サグス＝レトは、気高き番人たちが去っていくのを見ていた。すると突然、クルマ＝プジャが眼前にあらわれた。無言でこちらを見つめている。

サグス＝レトは一瞬、躊躇《ちゅうちょ》したが、いった。

「行きましょう、クルマ＝プジャ」

「それではきなさい、サグス＝レト！」と、気高き番人は答えた。

5

半日後……

「こちらは気高き番人のメニル＝ハル」クルマ＝プジャが、サグス＝レトとケルマ＝ジョを紹介してからいう。

サグス＝レトはメニル＝ハルを複雑な気持ちで観察した。気高き番人のうしろには、壁一面に大型ポジトロニクスのコントロール・パネルが見える。きっとこれから、ケルマ＝ジョとともにシミュレーションされた過去へと時間旅行させられるのだ。だが、それがどのようにおこなわれるのか想像もつかない。おそらくこれも、内なる力の教団が守っている秘密のひとつなのだろう。

「きみたちの皮膚が湿っていて温かくあるように」と、メニル＝ハルが優しくいう。「きみたちを意識注入装置に接続する前にすこし説明しておこう。きみたちの意識はポジトロニクスにうつされる。そのポジトロニクスには、百万年ほど前のダルゲータの環境がインパルス群のかたちで保存されている。すくなくとも、きみたちが最初にとりくむプログラムのなかではそうだ。

この、きみたちにとって完全にリアルに感じられる環境には、ヴァーチャルなダルゲーテンもいる。つまり、ポジトロン性のシミュレーション映像だ。合成された意識と行動様式を持つが、これらは実在のダルゲーテンではない。こんな大昔にはサイコグラムは存在しなかったから。だが、シミュレーション映像は、当時のほんもののダルゲーテンそっくりに行動する。

きみたちは過去の環境と出来ごとの流れに組みいれられ、ヴァーチャルなダルゲーテンたちと関わりを持つことになる。きみたちの順応を容易にするため、いくつかしかけが施してある。だが、できるだけ自然な行動をとるよう心がけてもらいたい。そのほうが、得られる情報も多くなるだろう。トリプリードを連れていくことはできない。その時代にはまだ、私有トリプリードはいなかったからだ」

「まるで、われわれが本当に過去へ時間旅行するような口調ですね、メニル＝ハル」と、サグス＝レトが言葉をはさむ。「混乱してしまいました。われわれの身に、本当はなにが起きるんですか？」

「心配することはない」と、メニル＝ハル。「きみたちにとって、それは非常に具体的でインパクトの強い夢をみるようなものだ。ただし、きみたちの精神は、自分の体内ではなく、ポジトロニクスのインパルス群のなかで夢をみることになる。きみたちもいわばインパルス群のかたちで存在するのだから、そこでリアルな環境を見るわけだ」

「そこで事故が起こったら、われわれはどうなるのでしょう」と、ケルマ＝ジョがたずねる。「われわれの意識は消されるのでしょうか。死んでしまうんですか？」

「いや、もちろんそんなことはない」と、メニル＝ハルはなだめるようにいう。「ポジトロニクスには、きみたちをヴァーチャル事故やその他の危険な出来ごとから保護する安全スイッチがそなわっている。それに、あまりにも重大なショックが生じかねないことがシミュレーション中に起きた場合には、きみたちの意識をただちに体内にもどす。危険はない。きみたちはただ情報を集めればいい。それに、このシミュレーション投映のなかで、精神的安定を揺るがすような情報に遭遇することはないだろう」

「準備はいいか？」と、クルマ＝プジャがたずねる。

「はい、大丈夫です」と、サグス＝レトは不安そうに答える。

「わたしも大丈夫です」と、ケルマ＝ジョ。

「それでは、わたしについてきなさい」と、メニル＝ハル。

ポジトロニクスのコントロール・パネルに幅のひろい出入口がはめこまれている。メニル＝ハルはそこにはいっていった。なかに通路があり、透明な壁ごしに、ポジトロニクス内部の複雑な配線が見える。やがて、ちいさな空間に出た。床に、いくつか浴槽のようなかたちの窪みがある。

「そこにはいりなさい」ふたつの窪みをさししめして、メニル＝ハルがいう。

サグス＝レトとケルマ＝ジョはそれぞれ窪みに滑りこんだ。たちまち、温かく心地よい乳剤が底をおおう。天井から大きな透明のフードがおりてきて、窪みを密閉した。細い金属棒がフードからのびてきて二名の頭部に触れると、そこから髪の毛のように細い針金がひろがって、皮膚にしっかりと固定される。

澄んだ歌声が響いた。次の瞬間、周囲の光景が一変したのを見て、サグス＝レトとケルマ＝ジョは息をのんだ……

＊

なだらかな砂浜に、灰緑色の波がゆるやかに打ちよせている。灰青色の雲が空をおおい、独特の青白い薄暗がりをつくりだしている。大勢のトリプリードが岸辺に群がり、砂利を細長い防波堤の上へ運んでは、その突端から海に注《そそ》ぎこんでいる。

サグス＝レトとケルマ＝ジョは、視覚触角を陸側へ向けた。するとそちらから、歌うような声が聞こえてきた。ジャングルへとつづいている道の起点の前に、がっしりした体格の一ダルゲーテンがいる。蔓植物がからみついている木々の高さはせいぜい四長単位しかないため、視覚触角をいっぱいにのばすと、梢を見おろすことができる。百長単位ほどはなれた場所に、焼いた煉瓦でできた不格好な建物がいくつか建っている。

「旅人か？」と、未知のダルゲーテンがたずねる。「どこからきた？」

サグス＝レトは思いきって答えようとした。同時に、未知のダルゲーテンがダルゲータ語を使っていることに気づいた。統一言語のダルゲータ語が使われるようになったのは、たかだか数千年前からなのだが。

「トゥファアン・ケルからきました。名前はサグス＝レト。同行者はケルマ＝ジョといいます」そこで考えた。統一言語が通じるのは、われわれの順応を助けるためだというしかけのひとつなんだろうか？

「トゥファアン・ケルというのは聞いたことがないな。ここはノグウン・シャンだ。きみたちはわれわれにいろんな知らせを伝えてくれることだろう。ノグウン・シャンにようこそ。わたしはケルパ＝リン、この町のトリプリード監督者だ」

「はじめまして」と、ケルマ＝ジョがいう。

町？と、サグス＝レトは自問する。このちいさな建物十五棟が町だって？

「長旅で疲れています。すこし休みたいのですが」と、サグス＝レト。

「先に町へ行っていなさい」と、ケルパ＝リン。「わたしはもうすこしここにのこって、トリプリードたちが防波堤の突端から砂利を海に注ぎこむのを監督しなければならない。ちょっと目をはなすと、かれらはすぐになまけてしまう」

サグス＝レトとケルマ＝ジョは、ダルゲーテン一名がやっと通れるほどの幅しかない小道を疑いのまなざしで眺めた。道の表面はなめらかなフッ素プラスティックではなく、湿った土だ。滑りが悪そうだから、前進するためには前脚の粘液腺から粘液を出すしかない。文明化したダルゲーテンにとってはぞっとするような事態だ。文明の利器によってその必要性がなくなったために、粘液腺はほとんど退化してしまっている。

「なんなら、わたしの仕事が終わるまで待っていてもいいぞ」と、ケルパ＝リン。

「いいえ、われわれだけで行きます」ケルマ＝ジョは進みはじめる。

サグス＝レトは必死にあとを追う。前脚の粘液腺は驚くほどスムーズに粘液を分泌した。これも、メニル＝ハルのいっていたしかけのひとつかもしれない。

かれらはケルパ＝リンを追いこし、ゆっくりと小道を這っていった。やがて、泥水がたまっている窪地に出た。ケルマ＝ジョは泥水に浸かってゆったりとからだをくねらせ、サグス＝レトを待った。

あとから泥水にはいってきたサグス＝レトに、

「祖先の生活がここまで原始的だとは思わなかったよ」と、ささやく。「道はフッ素プラスティックで舗装されているか、すくなくとも、ミネラル分をとりのぞいた水が常時かけられているのかと思っていた。保養地区みたいにさ」

「この時代にはまだ合成物質はなかったんだろう」と、サグス＝レト。「あいたっ！　なにかに嚙まれた！　助けてくれ！」

あわてて泥水からあがる。ケルマ＝ジョもあとにつづく。からだをよじって痛む個所を見ようとするが、末端に近い部分なので自分では見ることができない。

「いたぞ！」と、ケルマ＝ジョが大声を出す。「イモムシみたいなやつだ。まだら模様で、背中に縦縞《たてじま》がある。大きさは四分の一長単位くらいだけど、だんだん膨らんできてる。まずい、吸血しているんだ」

「いったいなんだろう」サグス＝レトはうめき声をあげる。「そんな虫、聞いたこともない。お願いだ、そいつをひきはがしてくれ」

「わたしの感覚器では力がたりない」と、ケルマ＝ジョ。「トリプリードがいなきゃ無理だ」

「助けて！」サグス＝レトが悲鳴をあげる。「だれか助けて！　トリプリードをここへ連れてきてください！」

「そいつの構成物質を操作して麻痺させようとしたが、うまくいかない」ケルマ＝ジョが息を切らしていう。「だめだ、わたしはもう物質暗示者じゃないんだ」かれは大声を出した。「助けてください！　パートナーが血を吸いつくされてしまう！」

サグス＝レトは自分が弱っていくのを感じ、ショックをうけた。だが、その拍子に、すべてのダルゲーテンにそなわっている能力を思いだした。自分よりも下等な生物に、暗示によって影響をあたえられる能力を。

かれは悲鳴をあげるのをやめ、脳内の超心理領域を未知のイモムシに集中させた。最初はなんの手ごたえもなかったが、やがて、この虫が本能のみにしたがって行動する、知性を持たない生物だと気づいた。それさえわかれば、本能に働きかけることでその行動を制御するのはかんたんだった。

イモムシがからだからはなれて地面に落ち、ふたたび水のなかへ這いこもうとしたそのとき、トリプリードが数匹やってきた。トリプリードたちがイモムシに襲いかかって文字どおりずたずたにするのを、サグス＝レトはぞっとしながら見ていた。ひきさかれた虫のからだから、血がどくどくと地面に流れだした。

サグス＝レトは気を失った。

意識をとりもどすと、知らないダルゲーテン三名にとりかこまれていた。トリプリードたちが背中を這いまわって、袋から水をかけてくれる。

「気分はどうだ？」と、一名がたずねる。「きみはヒルに襲われたんだ」

「まだ出血しています！」と、叫ぶケルマ＝ジョの声がうしろから聞こえる。

「大丈夫」と、見知らぬ一ダルゲーテンがいう。「出血はすぐにおさまるよ」

「あなたたちが殺したんですね」サグス＝レトは嫌悪感で震えながらいう。

「ヒルは殺さないと」と、だれかが説明する。「われわれ大人にとってヒルは危険ではないが、ちいさな子供は出血多量で死んでしまうことも多い。きみたちの住んでいるところに吸血ヒルはいないのか？」

「いません」サグス＝レトは力なく答える。

「おいで」と、見知らぬダルゲーテンの一名がいう。「町へ連れていってあげよう。保養浴場でからだを洗って休むといい」

＊

「ここも悪くないじゃないか」ケルマ＝ジョは、煉瓦づくりの浴槽の湯に浸かってからだをのばすといった。

「かれらはヒルを殺したんだぞ」サグス＝レトは身震いしながら答える。「自分たちの力を悪用し、トリプリードにほかの生物を殺させているんだ」

「子供たちを守るためにそうしているのさ」と、ケルマ＝ジョ。「われわれとしては、先祖に生物を殺させる能力があったという事実をうけいれるしかない。事実でなければ、あんなシーンがシミュルタン投映に組みこまれているはずがない」

サグス＝レトは視覚触角をあげ、パートナーを見た。

「な、ケルマ＝ジョ、ここで起きることはいってみればただの夢なんだってことをすっかり忘れていたよ。まるきりほんものみたいだったから」かれは浴槽の深いほうへ移動し、湯にもぐったまま浴槽の縁まで行くと、そこからタイルの床に這いあがった。

浴場の入口から、一ダルゲーテンがはいってきた。

「元気そうでなによりだ」ケルパ＝リンだった。サグス＝レトとケルマ＝ジョは、顔を見てすぐにかれだとわかった。「ヒルに襲われた話は聞いたよ。きみたちの故郷にヒルはいないのか？」

「いません」と、サグス＝レトはありのままに答える。「この町を見てまわりたいのですが」

「風呂がすむまで待ってくれれば、よろこんで案内するよ」と、ケルパ＝リン。浴槽に近づくとからだをまるめ、縁から転がるように深い湯のなかにはいった。大きな音をたてて水しぶきがあがり、サグス＝レトに降りかかった。

ケルパ＝リンが呼吸孔と感覚器のついている頭部を水面から出して泳ぐのを見て、サグス＝レトは思った。わたしにはできないな！　だが、発生学的に見て、この時代のダルゲーテンは水棲《すいせい》生物だった祖先に、われわれよりもずっと近い。

「待ちます」そういうと、ケルマ＝ジョは浴槽から這いあがった。

ケルパ＝リンは浴槽を泳いで何度か往復すると、あがってきて、「行こうか」と、いった。

霧雨が降るなか、かれは二名を案内して〝町〟を見せてまわった。あちこちにダルゲーテンがいて、トリプリードのちいさな群れを監督している。トリプリードたちは家の壁を修繕したり、ジャングルで掘りだした根菜を運んだり、家のなかを掃除したり、町からはなれて迷子になりそうになったちいさな子供たちを連れもどしたりしていた。

トリプリード二十四ほどが、ちいさな窯《かま》で粘土を焼いて四角い煉瓦をつくっていた。その粘土は、べつのトリプリードたちが紐つきの籠にいれてひきずって運んできたものだ。またべつのトリプリードたちは、できあがった煉瓦で倉庫をつくろうとしていた。

「コンピュータがなかった時代はこんなふうだったのか」と、ケルマ＝ジョがうなずきながらいった。

「コンピュータ？」と、ケルパ＝リンは聞きとがめたが、やがて、「ま、このちいさな助手のことをみんな違った名前で呼ぶからな」と、いった。

サグス＝レトは、これもしかけのひとつなのだと気づいた。この時代のダルゲーテンが理解できそうもないことを、くどくど説明しなくてもすむようになっているのだ。自分とケルマ＝ジョが未来からきていて、シミュルタン投映のインパルス群にすぎないだなんて、理解できるはずがない。

かれらはとある家のなかを見せてもらった。つねに水を溜めておけるように、床の半分が窪んでいる。その家の住民三名が、黄色っぽい植物性の練り粉でできた、なんともいえない粥《かゆ》をすすめてきた。サグス＝レトとケルマ＝ジョは吐き気がしたが、どうせ本当に食べるわけではないのだからと自分にいいきかせ、どうにかすこし食べることができた。ひどい味だった。

それから、ケルパ＝リンはかれらを町はずれのジャングルの空き地へ連れていき、枝を蔓で束ねただけの未完成の筏《いかだ》を見せた。

「これで海をわたるんだ」と、かれは誇らしげにいった。「屈強のトリプリード三十四にオールを漕がせる」

「なんのために？」と、ケルマ＝ジョがたずねる。

「岸づたいに歩くより、そのほうがずっと早く向こう岸につけるからさ」

サグス＝レトは、歴史の授業で筏の話を聞いたことがあったかどうか思いだそうとしたが、そんな記憶はなかった。祖先たちは本当に筏を利用したことがなかったのだろうか。それとも、この事実はこの時代の原始的な生活と同じように秘密にされているのだろうか。

「これでは危険だと思います」と、かれはいった。「雷雨になれば、比較的平坦な海上に浮かんでいる物体には必然的に雷が落ちやすくなります」

「雷？」ケルパ＝リンはおうむがえしにいった。「ああそうか、オウム貝に乗って帆走し、雲と雲を衝突させて轟かせ、雲の上から火を投げつける、陰鬱な神のことをいってるんだな。殻つきの従兄弟を五体、生け贄《にえ》として捧げれば大丈夫さ」

サグス＝レトは、恐怖で肌が乾くのを感じた。ケルパ＝リンのいう〝殻つきの従兄弟〟が、ダルゲーテンにもっとも近縁の水棲生物のことだとわかったからだ。内臓をおおうらせん状の石灰質の殻を持ち、危険を感じるとそのなかに閉じこもる軟体動物である。ダルゲーテンのらせん状の内臓器官を見れば、その遠い祖先もやはり渦巻き状の殻を持っていたことは明らかだ。

先祖たちは、近縁の動物を平気で殺していたんだ！

「そんなことをしてはいけません！」絞りだすような声でかれはいった。

「なんだと？」ケルパ＝リンが声を荒らげる。「よそ者よ、きみはわたしに指図するつもりか？」

サグス＝レトはその攻撃的な口調に思わずたじろいだ。

「かれらはわれわれの血縁です」力なく反論する。

「かれらは動物だ」と、ケルパ＝リン。「きみたちだって食べたことがあるだろう。われわれは、かれらの肉が手にはいると、挽き肉にして、バタクの根をすりつぶしたものに混ぜて食べる」

サグス＝レトは目の前がちかちかしてきた。耐えられない！こんなところにいたくない！

目の前が暗くなった。同時に、澄んだ歌声が聞こえてきた。気がつくと、かれは窪みのなかにいた。透明なフードがゆっくりと開いていく。

あたりを見まわしてみると、ケルマ＝ジョの感覚器が動いているのが見えた。ケルマ＝ジョの意識ももどっていたのだ。かれらの窪みのあいだにメニル＝ハルがいる。

「投映を操作していたのはわたしだ」と、メニル＝ハルは説明する。「先祖たちのぞっとするような習慣を目《ま》のあたりにさせてすまなかった。だが、これはぜったいに必要だったのだ。次のシミュルタン投映で体験することに耐えられるようにするには、こうするしかないのだから」

「気分が悪いです」と、ケルマ＝ジョが泣き言をいう。「お願いです、もうシミュルタン投映はやめにしてください」

「やるしかない」と、メニル＝ハルが答える。「種族の歴史の暗黒面を知る物質暗示者だけが、異文明の異質な習慣に寛容になれるのだ。そうでなければ、他種族のために働くことなどできない」

「でも、本当に文明化された種族があんなおぞましい習慣を持っているはずがありません」と、サグス＝レトは反論する。「われわれも、文明化されたからこそあのような習慣をやめたのでしょう」

「それはたんにメンタリティの違いの問題だ」と、メニル＝ハルは優しくいう。「物質暗示者はメンタリティの違いに直面しなければならない。だからこそ、自己放棄ぎりぎりのところまで寛容になる必要があるのだ。だが、とりあえずここから出なさい。次のシミュルタン投映に向かう前に、終えなければならない訓練プログラムがある」

6

「これが〝ヌグウン・ケール〟だ」ヒンド＝ベルと名乗った気高き番人は、サグス＝レトとケルマ＝ジョに説明した。「宇宙空間や生存に適さない天体に滞在するときに使う、生命維持装置だ」

サグス＝レトとケルマ＝ジョは、好奇心と不安のいりまじるまなざしでその繭《まゆ》形のカプセルを観察した。メタルプラスティック製で、大人のダルゲーテンよりもすこし大きいくらい。表面にはまるで〝こぶ〟のように、制動装置、反重力ユニット、投光器ふたつ、さまざまなアンテナ、トリプリードのものに似た把握手がついたアーム二本、可動式の短い管二本などがくっついている。管の使い道はかれらにはまるでわからなかった。

「物質暗示者がダルゲータをはなれて友好諸種族のためのミッションを遂行したり、あるいは、助力をもとめているかもしれない文明を探して未知の宙域におもむいたりする場合、ヌグウン・ケールは必須の装備品だ」と、ヒンド＝ベルの説明はつづく。「実際に使用されることはめったにないとはいえ、ヌグウン・ケールのおかげで命びろいした物質暗示者は大勢いる」

「事故が起きた場合、この生命維持装置のなかにはいれば、船外へ出て修理作業をおこなうことができる」と、サグス＝レトの指導者クルマ＝プジャがいう。ヴァス＝デヴァも同席していた。

「でも、どうやって修理を？」と、ケルマ＝ジョが質問する。「わたしがこのなかへはいっても、どうすることもできません。トリプリードを生命維持装置にいれて作業させるほうが合理的なのではないですか？」

「きみが疑問に思う気持ちはよくわかる、ケルマ＝ジョ」と、ヒンド＝ベル。「だが、なぜそうなのかこれから説明しよう。ヌグウン・ケールには小型ポジトロニクスが搭載され、そのすべての機能をコントロールしている。ポジトロニクスは暗示インパルス変換装置から命令をうけとる。暗示インパルス変換装置は、ヌグウン・ケール操縦者からの暗示インパルスを、ポジトロニクス用の通常のエネルギー性制御インパルスに変換する役割をはたしている」

「わかりました」と、サグス＝レト。「集中トレーニングをうければ、自分のからだの動きと同じようにヌグウン・ケールの機能を自由に制御できるようになるのですね。でも、この金属管はいったいなんですか？」

「これは二種類の武器の発射口だ」と、ヒンド＝ベルが説明する。「ひとつは麻痺銃、もうひとつは分子加速銃だ。対象物の分子を強力に加速することで加熱し、スペクトル型G2Vの矮星《わいせい》の表面温度にまで高める。対象物が遠くはなれている場合にかぎられるのだが、必要ならば、対象物の温度がG2型矮星の中心温度にまで上昇するように分子の動きを加速することもできる。ここまで分子を加速すると、すべての水素原子がヘリウム原子に変化する核融合がひきおこされる」

「ありえない！」サグス＝レトはぞっとして叫んだ。「ダルゲーテンがそんな武器を使うなんて！」

「分子加速銃は極端な緊急事態を想定してつくられたものだ」と、ヒンド＝ベルは冷静に説明する。「異文明の知的生物を攻撃するためのものではない。きみたちはこれを、おもに障害物の除去に使用することになるだろう。攻撃をうけて生命の危機にさらされ、ほかのいかなる手段をもってしてもその攻撃をとめることができない場合にのみ、攻撃者の機先を制して自分の命を守る権利と義務が生じるのだ」

「きみたちもそれならうけいれられるだろう」と、ヴァス＝デヴァが言葉をはさむ。

「これまでに、物質暗示者が異文明の知的生物から攻撃をうけたことはあるのですか？」と、ケルマ＝ジョが質問する。

「何度かある」と、ヒンド＝ベル。「未知の知的生物に殺害された事例がふたつある。それから、生死不明の事例がひとつ」

「ナム＝ラパのことだな？」と、クルマ＝プジャがたずねる。

「そうだ」と、ヒンド＝ベル。「本来なら、かれはとうの昔に帰還しているはずだし、おそらくはもう寿命がつきているはずだ。だが、遺体も宇宙船も発見されていない。われわれとしては、かれは未知の知的生物に殺されたのだと考えるほかない。残念ながら、とくにサル型生物やネコ型生物にはきわめて攻撃的な特徴が見られる。われわれと友好関係にある種族もだ。六種族が同時に敵対しあっていたことさえある。人口密度の高い二惑星が恐ろしい殲滅戦《せんめつせん》をおこなったことで恐怖と怒りが生まれ、そうした攻撃性が緩和されて、このような犯罪行為がくりかえされることを防ぐための協定や処置につながったのだが」

「ぞっとします」と、サグス＝レトがつぶやく。「そんな攻撃的な種族のために、われわれは働かなければならないのですか？」

「それが、四銀河の平和を維持するためのもっとも確実な方法なのだ」と、ヴァス＝デヴァがいう。「平和を乱す者はわれわれの助けを得ることはできない。それに、四十三の異文明は物質暗示者の援助をうけることに慣れてしまった。援助が長時間とまれば、文明の発達に支障が出るだろう」

「でも、われわれは独自の船団を保有していません」と、ケルマ＝ジョが口をはさんだ。「われわれに助力を拒否された文明国家が、艦隊で攻撃すると脅してくる恐れはないのですか?」

「理論上は、ある」と、ヒンド＝ベル。「だが、そんなことをすればほかの文明すべてを敵にまわすことになるから、そういった挙に出る者はいないだろう。安全保障協定は信頼してさしつかえない。友好関係にある諸種族にとって、物質暗示者はなにをおいても守るべき貴重な財産なのだから」

訓練生二名がすべてをしっかりと理解するのを待って、かれは言葉をつづける。

「ヌグウン・ケールにはいり、その機能をためしてもらいたい。これは練習用のカプセルだ。ヌグウン・ケールの機能をたんにシミュレーションするだけだから、事故の心配はない。あつかい方をマスターししだい、ほんもので訓練をおこなう。そのあと、宇宙船の操縦を学ぶことになる。宇宙船の操縦はもっぱらコンピュータ・システムによっておこなわれるし、きみたちの年齢になればだれでもコンピュータの訓練はうけているのだから、これはむずかしいはずはない」

「それでは、われわれ、本当に宇宙船に乗って宇宙へ行くのですか?」期待に胸を膨らませ、サグス＝レトがたずねる。

「訓練が終わり、精神的にも充分に成熟したと認められしだい、行くことになる」ヒンド＝ベルはきっぱりといった。

サグス＝レトは、十分の一日後にはヌグウン・ケールの操作を完全にマスターしていた。ヌグウン・ケールは、かれの暗示インパルスにまるで私有トリプリードのように的確に反応した。

＊

迷宮のようなトンネル内での高速シミュレーション飛行を完了し、ヌグウン・ケールの完璧な機能に感心していたときだった。突然、それまで思ってもみなかったことに気づいた。

自分の貴重な能力を、個人的名誉をもたらすものと考えてはいけない。ダルゲータにもたらす利益だけを考えてもいけない。

この才能は、もっと気高いもののために役だてるべきだ。善なる者の力のなかにあらわれる、もっと気高いもののために。

〈その善なる者の名は……セト＝アポフィス！〉

突然に脳裏に飛びこんできたこの知識を、サグス＝レトは夢中になって吸収した。自分はもっと気高いことを実行するためにセト＝アポフィスに選ばれたのだと思うと、目《め》眩《まい》がしてきた。セト＝アポフィスの期待に応えるためならなんでもしようと思った。

〈その期待をあやうくすることは、すべてひかえるように！〉

セト＝アポフィスの期待の実現があやうくなるようなことを、もちろんするはずがない。そんなことをするかもしれないなんて、いったいどうして思いついたんだろう。

カプセルの透明な〝機首〟から外を見ると、トンネルの出口についたことがわかった。青い目印のついた目標円内に着陸し、暗示インパルスでヌグウン・ケールのシステムのスイッチを切ると、キャノピーをはねあげて開く。

「よくやった、サグス＝レト」と、ヒンド＝ベルがいう。「かなりよく乗りこなせるようになった。ただ、トンネル内のシミュレーション飛行中に一度、ヌグウン・ケールをコントロールできなくなったように感じた。ちなみにきみもだ、ケルマ＝ジョ」

ヌグウン・ケールを出たサグス＝レトは、なにか問いたげな目でパートナーを見た。

「きみもあの高揚感を味わったのか？」と、かれはケルマ＝ジョにたずね、ヒンド＝ベルには、「一瞬、酔っぱらったような気分になりました」と、いった。「ヌグウン・ケールを完璧に使いこなせると思ったら、有頂天《うちようてん》になってしまったようです」

「わたしも同じだった」やはりすでにヌグウン・ケールから出ていたケルマ＝ジョもいった。「不思議だ」

訓練生たちはたがいに見つめあい、うなずいた。だが、シミュレーション飛行中に自分の身に本当はなにが起きたのか、二名とも知るよしもなかった。

「不思議でもなんでもないかもしれないぞ」と、ヒンド＝ベルはいう。「成功のよろこびのあまり目眩がしても不思議ではない。そんなことはもう起きないだろう。さて、きみたちをふたたびわが種族の過去への時間旅行に送りだすときがやってきた。最初は恐怖をおぼえるだろうが、同時に、自分の才能がどれほど貴重なものかも知るだろう。それがなかったら、現在のダルゲーテンの存在はなかったのだからね」

「本当にもう行かなければならないのですか?」と、ケルマ＝ジョがたずねる。「まだ時間があるのでは?」

「時間はもうない」と、ヴァス＝デヴァ。「肉体的成熟が完了するまでに訓練を終えなければならない。その後は訓練をつづけることはできないのだ。つまり、全プログラムを今後の十七日間で終了しなければならない。きみたちの能力が認識されたのはとても遅かった。だがそれは、きみたちの才能が非常にすぐれていることと関係があるのだろう。すぐれた能力は、あらわれるまでにそれだけ長い時間を必要とするのだ」

「これからきみたちをメニル＝ハルのところへ連れていく」と、クルマ＝プジャがいった。

7

〝きみたちがこれから時間旅行するその時代にはすでに、物質暗示能力を持ったダルゲーテンが存在していた〟というメニル＝ハルの言葉を、サグス＝レトは思いだしていた。サグス＝レトとケルマ＝ジョの意識は、プログラミングされたインパルス群によってつくりだされた、大型ポジトロニクスのシミュルタン投映内にふたたびはいりこんでいる。

夜だった。訓練生二名は、そこがぬかるんだ谷だということに気づいた。大小の植物が無数に繁茂している。

「文明の兆候は皆無《かいむ》だ」と、ケルマ＝ジョがささやく。「まさか、ポジトロニクスが間違った環境をシミュレーションしているんじゃないだろうな」

「なにか聞こえる」と、サグス＝レトがささやきかえす。「近くでなにか動く気配がする」

「きみたちはだれだ？」と、おちついた声がした。

サグス＝レトとケルマ＝ジョがあたりを見まわしていると、かれらと同じ年ごろの一ダルゲーテンが近づいてきた。

「われわれは、サグス＝レトとケルマ＝ジョ」と、サグス＝レトが答える。

「じゃ、ケルウン谷の住民じゃないな」と、見知らぬダルゲーテンが答える。「だが、きみたちもやはり逃げているところにちがいない」

「われわれは遠くからきた」と、ケルマ＝ジョ。「ケルウン谷ってどこだ？　このあたりに家はないようだが」

「ケルウン谷はよそ者に破壊されたんだ」と、相手が答える。「わたしはサゴン＝レト。よそ者の手を逃れたケルウン谷の住民は全員、この谷へ逃げてきた。かれらが食事している音が聞こえるだろ？　逃げているあいだ、食事をとるひまもなかったからね」

「よそ者というのは？」と、サグス＝レトが不安そうにたずねる。「それに、どうしてきみたちは逃げてるんだ？」

「そんなことをきくところを見ると、きみたちは本当に遠くからやってきたにちがいない」と、サゴン＝レトは答える。「よそ者は大きな〝家〟に乗って空からやってきた。かれらはわれわれダルゲーテンを獣のように狩り、死体を食糧にするんだ」

サグス＝レトは恐怖に凍りついた。

サゴン＝レト……ダルゲーテンの二番めの名前は育った地域をあらわすから、サグス

＝レトの血縁にちがいない……のいうよそ者が、他惑星からやってきた宙航士だということはわかったが、文明人が知的生物を殺して食糧にするということが理解できなかったのだ。考えるだけでも恐ろしかった。それは、かれの理解をこえていた。

「どうして黙っている？」と、サゴン＝レトがたずねる。「知らなかったのか？」

「ぜんぜんわからない」と、サグス＝レトは答える。「どうしてそんなことが起こるんだ？　よそ者だって、ダルゲーテンが高度文明のにない手だってことはわかるはずじゃないか」

「高度……なんだって？」サゴン＝レトはぽかんとしてたずねた。

文明を知らないのか？　今回送りこまれたのは、最初のシミュルタン投映からまだいくらもたっていない時代なんだろうか、と、サグス＝レトは思った。それなら、この時代のダルゲーテンが文明を知らないというのも理解できる。

「年号はわかる？」と、ケルマ＝ジョがたずねる。

「きみたちはわからないのか？」と、サゴン＝レトがききかえす。「どの地域でも、大石が洪水を起こした日から年を数えるもんだと思っていたが」

サグス＝レトは歴史の知識を思いだした。大昔のダルゲーテンは、巨大隕石によってひきおこされた惑星規模の洪水を紀元とする年号を使っていたという。この年号は七千四百九年つづいたあと、第一期同盟の年号にとってかわられたのだ。二万九千年前のことである。

「いまは何年だ？」と、サグス＝レトはたずねる。

「七四〇九年さ」と、サゴン＝レトが答える。

「七四〇九年だって？」ケルマ＝ジョがぎょっとして大声を出す。「ということは、この年が終わったら第一期同盟元年がはじまるんだ。でも、だったら、高度に発展した機械文明をすでに築いているはずじゃないか。サゴン＝レト、わたしのいってることがわかるか？」

「いいや」と、サゴン＝レト。「さっぱりわからない」

サグス＝レトは震えていた。突然、自分が秘密を理解したことに気づいたのだ。ダルゲーテンの文明が異文明の宙航士との接触によってはじめてもたらされたのだという秘密を。

そして、突然、それ以外の方法はありえなかったことにも思いあたった。ダルゲーテンには手がないから、自分で道具をつくりだすことはできない。道具の使用によって精神が発達し、文明を生みだすことができるのだが。ダルゲーテンの道具はトリプリードだけだし、その道具はそれ以上発達しようがなかった。したがって、ダルゲーテンも進化の過程で道具と技術を考えだすことはできなかった。

ダルゲーテンの精神に火をつけ、機械文明を可能にしたものは、高度に発展した異文明との遭遇以外にありえない。

だが、ダルゲーテンがたんに異種族から狩りの獲物としか見られていなかったなら、どうやって機械文明と接触したのだろう?

あたりが明るくなると、サゴン＝レトは恐怖の叫び声をあげた。恒星クセラシュが昇り、荒涼とした沼地に青い光を投げかけた。

「なにを恐がっているんだ?」ケルマ＝ジョがたずねる。

「神々の目が昇ると、よそ者がわれわれを殺しにくるんだ」と、サゴン＝レト。

かれは逃げだした。サグス＝レトとケルマ＝ジョはあとを追った。

「われわれの恒星の名前さえ、ダルゲーテンがつけたわけではないんだ」走りながら、ケルマ＝ジョがささやいた。「かれらは恒星を〝神々の目〟と呼んでいる。つまり、われわれの恒星の名前クセラシュは異人がつけたものなんだ。たしかに、クセラシュというのはダルゲータふうの名前じゃない。前から気になっていたんだが」

「だのに、われわれときたら、自分たちが物質暗示能力を使って四十三種族にはじめて文明をもたらしたとばかり思っていた」

「なんの根拠もない、あさはかな思いあがりだ。われわれダルゲーテンは未開種族だった。異種族から教わってコンピュータを使えるようになったんだ」

「池だ!」と、先を走っているサゴン＝レトが叫んだ。「飛びこめ!」

四方八方から、かくれ場をもとめて沼地の森を右往左往するダルゲーテンの気配が聞こえた。あたりはますます明るくなってきた。地面すれすれに霧がかかっていたが、姿をかくせるほど深い霧ではなかった。

サゴン＝レトが池に飛びこむと、大きな水音がした。サグス＝レトは、池が深かったらどうしようとパニックになった。自分もケルマ＝ジョも泳げないのだ。

だがそのとき、反重力ユニットのうなり音が聞こえてきた。よそ者がダルゲーテンを襲いにきたのだろう。もちろん、自分やケルマ＝ジョの身に本当に危険が迫っているわけではないが、シミュルタン投映を中断させないためにはそれらしくふるまわなければ。隕石年号最後の年に、ダルゲーテンが宙航士による絶滅からどんなふうに救われたのか、どうしても知りたい。

ケルマ＝ジョのあとにつづいて、かれは池に飛びこんだ。水の深さが、からだをひねれば呼吸孔を水面から出せる程度だと気づいて、ほっとする。大人のダルゲーテンのからだの幅は三・五メートルあるが、成長過程のダルゲーテンのそれは三メートルしかない。サグス＝レトは視覚触角だけを水面からつきだし、体側を下にして横になった。すぐに、大型オープン・グライダー二機が上空にあらわれるのが見えた。二機めにはだれも乗っていない。同時作動回路によって一機めのあとをついていくようになっているのだろう。

一機めのグライダーに乗っている四名を見て、かれはヒステリー発作を起こしそうになった。それはドガアクだった。ダルゲータも属している小銀河トルラメーネの、沼沢惑星ラアクに住む恐竜型生物だ。

ドガアク二名は四銀河でいちばん平和的な種族なのに……!

ドガアク二名が大型武器をかまえて発砲するのを、サグス＝レトは震えながら見ていた。かれがいる場所からは、弾丸が撃ちこまれた先は見えなかったが、撃たれたダルゲーテンの苦痛と恐怖のけたたましい悲鳴が聞こえてきた。

グライダー二機は木立の上を旋回したのち、上空にとどまっている。まもなく、ダルゲーテン二名のからだが宙に浮き、からのグライダーへと運ばれていった。おそらく、牽引ビームでひっぱりあげられているのだろう。一名はまだぴくぴくと動いていたが、ドガアクにとどめを刺された。

ダルゲーテンがからのグライダーにほうりこまれると、ドガアク四名は勝鬨《かちどき》をあげてグライダーの向きを変え、サグス＝レトの視界から消えていった……

＊

「この争いがどのように解決されたか知りたいか?」天から大音声《だいおんじょう》が降ってきた。

思わず、サグス＝レトとケルマ＝ジョは視線を空へ向けた。まるで、それが〝名状しがたき力〟の声だと本当に信じたかのように。それが実在するのではなく、解明不能なものの象徴であることは、知っているのだが。

だが、次の瞬間、わかった。メニル＝ハルがポジトロニクスを通じて連絡してきたのだ。

「はい、知りたいです！」二名は同時に答えた。

「それでは、一万分の一日のあいだ、目を閉じよ！」と、天から降ってくるように聞こえる声が鳴りひびいた。「これから、場所の変化をともなう時間跳躍をおこなう。付随現象が目にはいると混乱してしまうだろうから、目を閉じなさい」

「きみたちは〝名状しがたき力〟の使者なのか！」と、サゴン＝レトが声を震わせてささやく声を聞きながら、サグス＝レトは視覚触角をひっこめた。まわりがぐるぐると回転しはじめたように感じる。

一万分の一日後にふたたび視覚触角をのばすと、サグス＝レトはケルマ＝ジョとともに丘の上にいた。眼下に、ほとんど植物の生えていない乾燥した谷がひろがっている。谷底に、明るいグリーンに輝く卵形の巨大宇宙船が二隻見える。グリーンの船体とそこに書かれた真っ赤な文字から、ラアク製の船だとわかる。かたちから判断すれば、ラギイサかほかの恐竜型生物の宇宙船かもしれない。サグス＝レトの知るかぎり、恐竜型生物の宇宙船はかならず卵形だから。

しかし、どこかが変だった。やがて、ドガアクの宇宙船の船底についている短いアウトリガーに固定されたエンジン六基がぼろぼろになっていることに気づいた。それらはいまにも崩れてしまいそうに見えた。

宇宙船二隻の近くに、水をはったセラミックの大きな鉢がふたつあり、そのなかに一名ずつダルゲーテンがはいっていた。かれらが暗示用の超高感度器官を宇宙船に向けているのを見て、サグス=レトは悟った。このダルゲーテン二名は物質暗示者なのだ。その暗示能力を使って、ドガアクの宇宙船に変化をひきおこしたのだ。

だが、どうして乗員たちは抵抗しないのだろう？

ケルマ=ジョも同じことを考えていたようだった。かれはいった。

「サグス=レト、かれらはまず乗員たちを麻痺させたんだと思う」

「でも、どうやって？」と、いってから、サグス=レトはその問いに対する答えを考えまいとした。

「わたしなら、無害なヴィールス株から、ダルゲータで進化した者以外のあらゆる生物を攻撃するヴィールスをつくる」と、ケルマ=ジョはいった。

サグス=レトは、パートナーの無神経さにぎょっとした。

「わたしならつくれない」と、かれは答える。「そんなの、殺戮じゃないか」

「すべてのダルゲーテンの命をよそ者から守るためなら、知的生物を殺すことへのためらいを物質暗示者は克服すべきだ」と、ケルマ゠ジョは説明する。「だがもちろん、わたしたなら、植物成分などでかんたんに除去できるようにヴィールスを操作しておく」

「なるほど」と、サグス゠レト。「われわれの祖先が前もってそこまで考えて行動することができたとすれば、技術力は欠如していたとしても、精神的発達はそうとう進んでいたことになる。だが、どうして技術的な予備知識もないのに、エンジンを壊せばドガアクの宇宙船を飛べないようにできるとわかったんだろう。操作されたヴィールスをドガアクがラアクに持ちかえれば、大量死がひきおこされる。それを阻止するためには、宇宙船を飛べないようにする必要があるじゃないか」

「きっと、かれらは学習能力がとても高かったんだ」と、ケルマ゠ジョがいう。

「そのとおりだな」と、サグス゠レト。「異文明の技術とたった一度接触しただけで、独自の技術を発達させられたことも、それで説明がつく」

「ドガアクがくるぞ!」ケルマ゠ジョが叫んだ。

そのとき、サグス゠レトは、一隻の船底ハッチが開いたことに気づいた。斜路がのびてきたかと思うと、そこにドガアク一名が立っていた。あらゆる恐竜の原型に似た爬虫類の子孫だ。

ドガアクは、自身と同じく四長単位ほどの身長の、恐竜型生物に似せたロボット二体に支えられている。

ドガアクは歩いているというより運ばれているといった感じだった。グリーンの宇宙服を着ているが、耐圧ヘルメットはかぶっておらず、武器も持っていない。毛のない黄褐色の頭はぐらぐらし、太く短い尾は力なく垂れさがっている。

「交渉しにきたんだ」ケルマ＝ジョがささやく。

サグス＝レトはじっと見守っていた。ドガアクは物質暗示者二名に近づき、ほんの数長単位のところで立ちどまった。ディスク状の装置を両手でかかえている。たぶん、トランスレーターだろう。

ドガアクとダルゲーテン二名の会話が理解できたとき、訓練生たちにはそれがプログラムに組みこまれたしかけだということがわかった。

「わたしの名はウアクネツ」ドガアクがいった。

サグス＝レトとケルマ＝ジョは意味ありげにうなずきあった。一般的な歴史の知識として、第一期同盟がウアクネツという名のドガアクとのあいだで結ばれたことを知っていたからだ。つまり、自分たちは歴史的瞬間の再現に立ち会っているのだ。

「許してくれ、強大な者たちよ」と、ウアクネツは言葉をつづけた。「きみたちが知性体種族であることをわれわれは知らなかったのだ。知っていれば、けっして危害をくわえはしなかった。罪を償うためになにをしたらいいか、いってほしい。われわれ、数々の貴重なものを持っている。きみたちはそれらをおそらく持っていない。というのも、きみたちの文明は機械文明ではないように思われるからだ。われわれが持っている技術をすべて進呈し、説明しよう。それとひきかえに、きみたちがわれわれのもとに送りこんだ恐ろしい病気をとりのぞいてほしいのだ」

ダルゲータに宇宙船で最初にやってきたのがドガアクだったのは、おそらくさいわいだった、と、サグス＝レトは思った。平和的なドガアクだったから交渉の道を選んだもののの、これがほかの多くの知的種族だったら、ダルゲーテンを原子の火で焼きつくしているところだ。

「わたしの名はマル＝ハル」と、物質暗示者の一名が答える。「わがパートナーの名はロボン＝セル。きみたちがわれわれを知的存在と認めたこと、知的生物を殺すつもりはないことを知り、安心した。きみたちがわれわれには思いもつかないようなものを持っていることとは、こちらも認める。あの空飛ぶ家はダルゲータにはけっして見られないものだ。きみたちはべつの惑星からやってきたにちがいない」

「われわれの惑星の名はラアク」と、ドガアクは答える。「ダルゲータからはとても遠いところにある」

「きみたちの惑星も、神々の目をめぐっているのか？」と、ロボン＝セルが質問する。

「ダルゲータがめぐっている青色巨星のことか？　われわれはそれをクセラシュと呼んでいるが」と、ウアクネツ。「いや、ラアクはべつの恒星をめぐっている。オオルワアクという恒星だ。それはクセラシュとは違い、球状星団ヴァルロールには属していない。だが、もっと大きなトルラメーネという小銀河に属している点ではクセラシュと同じだ。ヴァルロールはトルラメーネの一部だから」

「きみがいうことの多くは、われわれにとってはじめて聞く内容だ」と、マル＝ハルが答える。「だが、きみが聞かせてくれた状況をある程度、思いえがくことはできる」

サグス＝レトは思った。かれらにはすぐれた想像力がそなわっていたにちがいない。現代のダルゲーテンなら、聞いたこともない未知の状況をそんなにすばやく思いえがくことはできないだろう。

「それはきみたちが想像するより、もっとずっとすばらしいはずだ」と、ウアクネツは説明する。「だが、われわれがきみたちのせいで死んでしまったのでは、もうなにも教えてやれない」

「死にはしない。じきに治るだろう」と、マル＝ハルが答える。「トリプリードたちにファ・ヘカの汁を持ってくるよう命じてある。きみたちが感染したヴィールスは、その植物の汁でかんたんに除去できる。きみたちは危険な〝道具〟を持ちこむ心配をせずに故郷惑星へ帰ることができる。ただし、空飛ぶ家の星力装置を直せるとして、の話だが」

「道具？」ドガアクは聞きかえした。「きみたちはヴィールスを道具だというのか？

ヴィルスについてなにを知っているのだ？　ドガアクの研究者でさえ、これまでのところヴィルスの真の性質を見きわめられないでいるというのに。ヴィルスの正体はいったいなんだ？」

「ヴィルスとは、無数の微粒子で構成された機能集合体だ。その微粒子もやはり無数の微粒子でできていて、そのまた微粒子も……と、同じことのくりかえしだ」と、ロボン＝セルが答える。「われわれには、物質の奥の奥を見とおす能力がある。われわれは、ヴィルスとは人工的につくられた情報伝達集合体ではないかとも推測している。人工物であるために、暗示によってほかの集合体よりも容易に操作することができるのだろう」

「ヴィルスが人工物だとは」ウアクネッは茫然としている。

「いまいったように、われわれの推測だ」と、マル＝ハル。「さ、トリプリードがファ・ヘカの汁を持ってきた。おのおのが、口にはいる量の半分を飲むようにしなさい。すっかりよくなったら、きみたちの持っているものや知識と、われわれの物質暗示能力の平和利用との交換について話しあおう」

ドガアクは驚きの表情を浮かべた。

「きみはわれわれの善意を疑っていないのか？」

「天気予報を疑うことはある。予報官も間違うことがあるからだ」と、ロボン＝セルは答える。「だが、覚醒状態にある知的生物が意識的に話す内容を疑うことはありえない。その者は自分がなにをいっているかわかっているのだから」

「もちろん、それはそうだが」と、ウアクネッは答える。「だが、それが偽りだったらどうする」

「偽りとはなんだ？」と、マル＝ハルがたずねる。

「真実でないと知っていてなにかをいえば、それが偽りだ」

「きみのいっていることがわからない」と、ロボン＝セル。

サグス＝レトとケルマ＝ジョは顔を見あわせた。かれらにも、ウアクネッがいっていることが理解できなかったのだ。

ウアクネッは荒く呼吸しながらいった。

「きみたちをパートナーにするのはよろこばしいことにちがいない。嘘というものを知らず、これからも理解しない存在と協力しあえるほど、すばらしいことはない」

サグス＝レトとケルマ＝ジョが見守るなか、大勢のトリプリードたちが早足で谷にやってきた。ヒョウタンの容器を捧げ持ち、ラアク船へと近づいていく。

これからどうなるのだろう、と思うまもなく、訓練生二名は目の前が暗くなるのを感じた。同時に、澄んだ歌声が聞こえてきた。すると、かれらはふたたび窪みのなかにいた。頭上で、透明なフードがゆっくりと開いた……

8

「そう、これがわが種族が他惑星の代表者とはじめて接触したときのいきさつだ」と、メニル＝ハルは訓練生二名にいった。かれらはいっしょに保養浴場にきている。サグス＝レトは左の体側を下にして横になった。すぐさまトリプリードたちが、湯からつきでた這い足の外側の節をマッサージしはじめた。

「先祖たちの想像力には驚きました」と、かれはいった。「あんな想像力の持ち主はいまでは存在しないと思います」

「歴史学者たちによれば、祖先の想像力がわれわれよりすぐれていたわけではないそうだ」と、メニル＝ハルは答える。「だが、われわれとは違い、祖先は数千年ものあいだ、原子の深部を研究したりミクロコスモスおよびマクロコスモスについて考察したりするさいに湧いてきた、数々の疑問について考えつづけた。とはいえ、かれらが発見したのは答えそのものではなく、答えの手がかりにすぎない。なぜなら、そのための技術的な前提条件が欠けていたからだ。こうして期待がいやがうえにも高まったために、想像力がきわめて鋭敏になったということ。答えの手がかりを無数に知っていたため、ほのめかされるだけで答えを見つけだせることが多かったのだ」

サグス＝レトは、こんどは右の体側が下になるように寝返りを打った。その動きはごくゆっくりだったから、トリプリードたちは危険な目にあわずに反対側の這い足の先に移動することができた。

そのとき突然、かれはさらにあらたな事実に気づいた。自分とケルマ＝ジョが、セト＝アポフィスによって気高い目的のために選ばれたという事実に。重要な任務の待つ場所に自分たちを連れていくため、宇宙のどこかでセト＝アポフィスの代理人が待っている。

かれは一対の感覚器をのばし、その先端で、ケルマ＝ジョがのばしてきた感覚器の先端に触れた。

それは〝わたしも同じ気持ちだ！〟という合図だった。

「おかしいぞ！」メニル＝ハルが素粒子探知器官で空中をあちこち探りながらいった。「われわれの知識によれば、最小の素粒子はグルーオンだ。だが、いま、大きさあるいは力がグルーオンよりもはるかにちいさい、なにかを探知した」

サグス＝レトはセト＝アポフィスからあたえられる任務をはたしたくて、うずうずしていた。だが、はやる思いだけでなく不安もあった。セト＝アポフィスの代理人が待っている集合ポイントまで、自分とケルマ＝ジョがどうやって行ったらいいのかわからなかったから。

物質暗示者二名を同時に派遣するには、二名用の宇宙船が必要だ。一名船はたくさんあるが、そういう事態はめったにないから、二名船はほとんどない。もし、二名船があいてなければ、気高き番人たちだってこちらの任務のために用意することはできない。あるいは、任務自体を許可しないかもしれない。

サグス＝レトはさらに意識を集中しようとした。というのも、たったいま、あるアイデアが浮かんだのに、それがなんなのか理解できなかったのだ。どんなアイデアだったかは思いだしたものの、やはり理解できないし、これからもぜったいに理解できないだろうということがわかっただけだった。

そのアイデアはもちろん、セト＝アポフィスがサグス＝レトとケルマ＝ジョに吹きこんだものだった。二名船を優先的に割りあててもらうために、嘘を考えだせというアイデアだ。だが、嘘がどんなものか理解できなかったので、その入れ知恵はダルゲーテンたちには理解不能だったのだ。

しかし、時がくればあらためて指示をうけられるとわかったので、サグス＝レトは安心した。つまりそれは、かれとケルマ＝ジョが嘘という概念を理解できないのを悟ったセト＝アポフィスが、べつの解決策を考えるということだったが。

「サグス＝レト、ケルマ＝ジョ、なにかに気をとられているようだな」メニル＝ハルが叱責するようにいった。

訓練生二名はキツネにつままれたような顔でメニル＝ハルを見た。セト＝アポフィスがそのときすでに〝洗脳コンタクト〟を切っていたので、かれらは吹きこまれた事実を忘れてしまっていた。

「ま、シミュルタン投映はかなり大変だったろう」かれらの怪訝《けげん》な顔に気づくと、メニル＝ハルは優しくいった。

「いくつか質問があるのですが」と、サグス＝レトがいう。「質問してもいいですか、メニル＝ハル」

「もちろん、なんでもきいてくれ」と、メニル＝ハルが答える。「物質暗示者の知識は可能なかぎり広範であることが望ましい。知識が広範であるほど、任務のよりよい遂行が可能になる。サグス＝レト、ケルマ＝ジョ、なんなりと質問しなさい」

「第一期同盟締結後のことが知りたいんです」と、サグス＝レトがいう。「どんな道具や機械をドガアクはもたらしたのですか？　そして、かれらはそのかわりになにをうけとったのでしょう」

「ドガアクは文字どおりの意味の道具をわれわれにもたらしたわけではない」メニル＝ハルは答える。「それに、そんなものをもらってもなんの意味もなかっただろう。われわれには、道具をあつかうための手がないから。トリプリードの把握手は単純な道具を使うことはできるが、ドガアクの道具を使いこなすことはできなかっただろう。トリプリードは当時からすでに単純な道具をつくり、使用していた。だが、かれらの理解能力では複雑な機械をあつかうことはできない。

そこで、ドガアクは最初から、コンピュータ制御の高度な機器類をわれわれに贈ってくれた。われわれの知性はすでに当時かれらと同等だったから、コンピュータの操作をすみやかに理解し、センサーに触れることで使いこなせるようになった。こうした機器類を使って、われわれはしだいに機械文明を築きあげていった。ドガアクや、かれらを介して交流するようになったブリンドライツァーからもたらされた、その他さまざまな機械も役にたった。はなれては生きていけないほどダルゲーテンに依存するようになっていたトリプリードたちは、その後しばらくのあいだは肉体労働に従事していたが、しだいに個人の身のまわりの世話に使われるようになった。

機械や知識の返礼として、ダルゲータからは物質暗示者がドガアクやブリンドライツァーとともに他惑星におもむいた。ヴィールスや細菌を操作することによって病気を根絶し、動植物のDNAに介入して環境を最適化することによって、あらたに発見された惑星への植民を援助した。かれらのおかげで、友好諸種族の科学者たちは原子構造の解明に成功し、これが多くの地域の著しい進歩につながった。

それから数百年後には、われわれダルゲーテンはみずから宇宙航行するようになった。商取引は同盟諸種族にまかせていたので商船団を編成することはなかったが、だれかがダルゲータに物質暗示者を呼びにくるまで受け身で待つことはなくなった。ダルゲーテンは小規模の宇宙船団を編成し、一度に一名ずつ物質暗示者を送りだした。援助先になりえる異文明をもとめて、物質暗示者は宇宙をくまなく探しまわった。このようにして、過去二万九千年間にわれわれは二十四の、やはり宇宙航行をおこなう水準に達している異文明と接触を持ったのだ。

ドガアクやブリンドライツァーも、われわれほど積極的にではないにせよ異文明を探していたし、異文明のほうでも接触をもとめていたから、やがて現在のように、四銀河の四十四種族が同盟を結ぶにいたった。

これからも、異文明との遭遇はかならずあるだろう。サグス＝レト、ケルマ＝ジョ、きみたちも、あらたな文明を発見して同盟にくわえる幸運に恵まれるかもしれない。

そのさい、厳守してもらいたい原則がある。わが種族の存立が脅かされた場合、われわれは物質暗示能力を防衛兵器として使用する。だが、たんにひとりの物質暗示者ないし少数のダルゲーテンの命が脅かされただけで、それを使用することがあってはならない。なぜなら、物質暗示者の存在が許容されるのは、われわれが危害をおよぼす存在ではないと他種族に認められた場合のみだからだ。かれらがわれわれを恐れるようになれば、かならずダルゲータは破壊されるだろう」

重々しい間をおいてから、メニル＝ハルは言葉をつづけた。

「われわれ気高き番人は、きみたちがわれわれの期待どおりに真実に耐えたことをうれしく思う。きみたちならナンドゥ＝ゴラの質問にもりっぱに答えられるだろう。

半日間、休息をとり、瞑想しなさい。それから、物質暗示能力の応用や宇宙船の操縦、宇宙航行のさいの装備について講義をうけることになる。クルマ＝プジャとヴァス＝デヴァが同行し、わからないことがあれば教えてくれる。わたしもいつでも質問をうけつける」

サグス＝レトとケルマ＝ジョは、この言葉を別れのあいさつとうけとった。かれらは礼をいうと、浴場を出て宿舎に向かった。

＊

「バヌ・フェル草の遺伝情報だ」と、クルマ＝プジャは説明しながら、ガラス製の留め具にはめこまれた、密栓された試験管を感覚器でさししめした。「果実が十パーセント増量するように、遺伝情報を変化させよ」

サグス＝レトは素粒子探知器官をのばし、デオキシリボ核酸……化学結合のかたちで大量の遺伝情報をふくんでいる、二重らせん構造を持つ左旋性高分子……の、肉眼では見えない空間的分子モデルに意識を集中させた。

　生物の遺伝特性はすべての遺伝特性はすべて、DNAの構成要素ひとつひとつの配列によって決まる。これは、すべてのダルゲーテンが通常の教育期間中に教わることだ。サグス＝レトは、この配列を念入りに分析しはじめた。配列を正確に知らなければ、それを目的にあわせて変化させることもできない。

　配列を見きわめ、それを頭にしっかり刻みこんだうえで、物質の内部へと、つまり、素粒子レベルの領域へと〝はいって〟いった。やがて、かれの精神は原子核とそれをとりまく電子のミクロの世界に完全に捕らえられた。まるで、自分自身のからだがミクロサイズになってそこにはいりこみ、歩きまわって観察しているような感覚だった。

　陽子、中性子、電子のふるまいと相互関係を見きわめたあと、かれはもう一歩なかへと踏みだした。つまり、陽子と中性子よりもさらにちいさいクォークの世界へとはいりこんだのだ。かれの精神はここで比較的長い時間をすごしたあと、物質のもっとも奥にある最小部分グルーオン……つまり、クォークを陽子と中性子の内部にとどめている謎に満ちた力……のなかへとはいっていった。

　このグルーオンの世界も調査しおえると、脳内の超心理領域が獲得情報を即座に処理し、バヌ・フェルル草のDNA内の素粒子と原子のふるまいの関連を割りだした。さらに、どの植物の遺伝情報を望みどおりに変化させてその変化を安定的なものにするには、どのようにグルーオンに暗示影響をあたえればいいかを直観的に理解した。グルーオンにあたえた暗示影響はクォークに伝わり、そこからさらに陽子と中性子、電子へと伝わっていく。

ここまでくれば、暗示インパルスによって実際に変化をひきおこすのは、サグス＝レトにとってちいさな一歩にすぎなかった。

それをやりとげたあと、かれの精神は原子、電子、陽子、中性子、クォーク、グルーオンの世界をめぐる旅からもどり、肉体のなかで目ざめた。かれは素粒子探知器官をひっこめ、あたりを見まわした。

「よくやった、サグス＝レト」クルマ＝プジャが敬意のこもった声でいう。「暗示によって無生物に影響をあたえるのと生物に影響をあたえるのとでは、大きな差がある。きみはその大きな一歩に、練習なしで成功した。これは、きみが訓練の全領域を肉体的成熟までに修了できるだろうということのあかしだ。こんなにすぐれた能力を持つからには、〝名状しがたき力〟はきみに特別な使命をあたえようとしているにちがいない」

「わたしにはより高い任務がふさわしい」サグス＝レトはいった。

「いま、なんといった？」驚いてクルマ＝プジャがたずねる。

サグス＝レトは、自分の口からどうしてそんな言葉が出たのか思いだそうとした。いってしまってから、自分でもその言葉に驚いていたのだ。

「うぬぼれと思いあがりは物質暗示者には禁物《きんもつ》だ」と、クルマ＝プジャがいう。「〝名状しがたき力〟がきみに特別な使命をあたえるとしても、それはきみの手柄ではない、サグス＝レト。物質暗示者は道具であって、道具をつくる力ではないのだ」

「わかっています、クルマ＝プジャ」サグス＝レトは恥じいっていた。どうしてあんな思いあがったことをいってしまったのか、自分でもまだわからなかった。それをいったのは自分自身ではなく、なにか謎めいた、目に見えない存在だったような気がした。

「本当に申しわけありません。道具以外のものになろうとは思っていません」

「それでは、なぜあのようなことを？」クルマ＝プジャがきびしい口調でたずねる。

「自分でもわかりません」サグス＝レトは悲しそうにいった。

クルマ＝プジャは安心したように呼吸孔から息を吐きだした。

「自分でわからないなら、それに対する責任もない、サグス＝レト。きみの発声器官を制御していたのは、意識下のインパルスだったにちがいない。よろしい、技術的な訓練をつづけよう。きょうは、シミュレーターを使った宇宙船操縦訓練だ。それが終わったら、ナンドゥ＝ゴラがきみときみのパートナーを迎えいれることになっている」

9

サグス＝レトは、電子機器がところせましとならんでいるホールを期待に満ちた目でのぞきこんだ。なにもない空間といえば、浴槽のようなかたちをした、長さ八長単位、幅四長単位の窪みだけだ。なめらかに磨きあげられたフッ素プラスティックが、薄い皮膚のように窪みの内壁をおおっている。

「物質暗示者用の一名船の制御・操縦室だ」クルマ＝プジャの声が、ホールの天井に埋めこまれたスピーカーから聞こえてくる。「まず、なかにはいりなさい。それから指示をあたえる」

いわれたとおり、サグス＝レトは窪みにはいった。視覚触角を動かし、電子機器の細部まで把握しようとする。

「きみの前に、傾斜したコンソールがある。パイロットが操作すべきすべてのスイッチのセンサー・ポイントがそこについている。各センサー・ポイントの上に光るマークで、その用途がわかるようになっている。明かりのマークがついたセンサー・ポイントに触れてみなさい」

　サグス＝レトは、丸の周囲に放射状に線をあしらったマークが青く光っているセンサー・ポイントを見つけ、接触感覚器で軽く触れた。

　突然、すべてのスクリーンが点灯した。同時に、すべての電子機器のコントロール・パネルも点灯した。サグス＝レトはスクリーンをじっと見つめた。それぞれに、物質暗示者専用宇宙港の各部分がうつしだされ、それをつなぎあわせると宇宙港全体のようすが……もちろん、シミュレーションだが……把握できるようになっている。物資供給所や積載場や管制塔の向こうに、造船工廠《こうしょう》が見える。ちょうど、一名船が一隻、着陸するところだ。先端にドーム状の制御・操縦室を持つ、グレイの宙雷形宇宙船がゆっくりとフッ素プラスティック・ベトン製の着陸床に降りてくる。

「もう一隻着陸したら、スタートせよ！」と、クルマ＝プジャがいう。「上向きの三角のマークがついているのが、完全ポジトロン制御の発進プログラムを開始するためのセンサー・ポイントだ。それに触れると、宇宙船は通常速度でスタートする。もっと高速、あるいは低速で発進したい場合は、〝高〟〝低〟をあらわすマークのついたセンサー・ポイントのいずれか一方に触れるだけでいい。希望速度に達するまで、センサー・ポイントから感覚器をはなさないようにしなさい。速度は常時、コンソールの上にあるデータ・スクリーンに表示される」

「とてもかんたんそうですね」と、サグス＝レトがいう。

「それはひとえに、高位の物質暗示者の助力によって達成された完璧なコンピュータ技術のおかげだ」と、クルマ＝プジャが答える。「さ、もう一隻が着陸したぞ。近距離用コミュニケーターのスイッチをいれ、管制塔に発信要請を出しなさい」

サグス＝レトは近距離用コミュニケーターのスイッチをすぐに見つけ、オンにした。

「こちらソルゴオン＝ヴェル宇宙港の管制塔。応答願います」と、声がコミュニケーターのスピーカーから流れる。

「きみの宇宙船は《ヴァトラアン＝トゥル》だ」と、クルマ＝プジャ。

「こちら《ヴァトラアン＝トゥル》、パイロットのサグス＝レト。スタート許可を要請します」

「管制塔から《ヴァトラアン＝トゥル》のパイロットへ」と、声が応答する。「サグス＝レト、あなたの任務は？」

「宇宙のある場所に向かいます。そこで代理人が待っているので」と、いってから、サグス＝レトはすぐ、どうしてこんな答えを思いついたのだろうと不思議に思った。

「その調子だ！」クルマ＝プジャのささやく声がする。

「管制塔からサグス＝レトへ」と、管制塔のポジトロン複合体の音声がコミュニケーターから聞こえる。「スタートを許可します。成功を！」

「ありがとう」と、サグス＝レト。

感覚器でスタート・プログラム用のセンサー・ポイントに触れる。コンソール上のデータ・スクリーンに表示された数字が次々に変わっていく。どんどん加速しているのだ。外側観察スクリーンを見ると、宇宙港が高速で遠ざかっていくのがわかる。スクリーンにうつしだされるダルゲータの地表が、またたく間にひろがっていく。

〝高〟をあらわすマークのついたセンサー・ポイントに触れてみた。データ・スクリーン上の数字の変化が速くなった。ダルゲータの地表が半球状になり、それがしだいにちいさくなっていく。

このときサグス＝レトは、自分の使命を奇妙なほどはっきりと思いだした。訓練が終わりしだい、ケルマ＝ジョといっしょに二名船で出発することになる……〝内なる力の教団〟の命によって。

ミッションはさしせまっているから、訓練を短縮しなければならない。それには、もう充分に宇宙船を乗りこなせるところを指導者たちにアピールする必要がある。自分がすぐに宇宙船を乗りこなせるようになったのは、高い物質暗示能力の持ち主だからだ。物質暗示能力の超心理的影響が脳の他領域にもおよんだ結果、ダルゲータ船の全機能と熟練パイロットの全技能を、いわば一発で習得することができたのだ。

すべては、セト＝アポフィスがわれわれのためにしてくれたことだ、と、サグス＝レトは思った。セト＝アポフィスはわれわれに、より高き任務をあたえると決めたのだから。超越知性体を助けて宇宙の悪と戦い、善をひろめるという任務を。

サグス＝レトはもう指導者の説明を聞いていなかった。かれの知識はそれをはるかにこえていた。センサー・ポイントに触れ、宇宙船を最高速度に加速したのち、人工ブラックホールをつくりだす一連の操作をプログラミングする。宇宙船がこのブラックホールをぬけてハイパー空間に突入することで、超光速ファクターと目的地までの距離が決まるのだ。

「どこからその知識を得たんだ、サグス＝レト？」クルマ＝プジャが興奮してたずねる。

サグス＝レトは答えなかった。答える必要はない。超越知性体セト＝アポフィスの代理人という、自分の新しい身分を自覚していたから。

じつは、これもセト＝アポフィスのしたことだった。嘘をつくことは、サグス＝レトにはやはりできなかったので、すくなくとも沈黙を守らせるため、〝新しい身分〟というこの考えを事実として吹きこんだのだ。

その直後、《ヴァトラアン＝トゥル》はちいさな人工ブラックホールに吸いこまれ、超光速でハイパー空間を飛行し、十分の四日後に通常空間にもどって帰路についた。そのまた十分の四日後、宇宙船はダルゲータ上空で着陸態勢にはいった。

船が宇宙港に着陸した瞬間、鐘の音が響き、

「シミュレーションは終了です。あなたは優秀な成績でパイロット試験に合格しました」と、声がした。

「優秀な成績で合格？」クルマ＝プジャの困惑した声がおうむがえしにいった。「ありえない。まだ、パイロット訓練の第一段階が終わったところだ。訓練は第九段階まである。サグス＝レト、出てきなさい」

サグス＝レトはその声にしたがった。そうするほかなかった。そのときすでにセト＝アポフィスが洗脳コンタクトを切断していたので、工作員としてはいわば不活性化されていて、超越知性体のこともその命令のこともなにもおぼえていなかった。セト＝アポフィスから宙航士の技能をインプットされ、代理人の地位を……セト＝アポフィスにとってかれは工作員にすぎなかったから、代理人というのはまやかしだったが……あたえられたことも、すっかり忘れていた。

宇宙船から出て、クルマ＝プジャと向かいあう。クルマ＝プジャは震えている。発作を起こさんばかりに興奮しているのだ。

「自分がなにをしたかわかっているか、サグス＝レト？」指導者が震える声でたずねる。

「宇宙船を操縦しました」と、サグス＝レト。

「きみは宇宙船の操縦を完璧にマスターし、二段階の超光速航行まで完璧にやってのけた！」と、クルマ＝プジャは叫んだ。

「おぼえています」と、サグス＝レト。「でも、どうしてできたのか自分でもわかりません。わたしはパイロットじゃありませんから」

「いやいや、きみはパイロットだ！」クルマ＝プジャは叫んだ。「シミュレーション判定ポジトロニクスがなんといったか、聞いてなかったのか？　きみは優秀な成績でパイロット試験に合格したんだ。こんなことがあるとはな！」

シミュレーション用コクピット模型が設置されているホールのスピーカーから、雑音につづいて声が聞こえてきた。

「ヴァス＝デヴァからクルマ＝プジャへ。ただいま、ケルマ＝ジョは優秀な成績で宇宙船パイロット試験に合格した。質問する。サグス＝レトも同様の結果を達成したか？」

「達成した。信じられないことではあるが」

「ナンドゥ＝ゴラのもとへ訓練生たちを連れていこう」と、ヴァス＝デヴァ。「この問題を解決してくれるのはかれしかいない」

「了解した」クルマ＝プジャは答えた。

＊

「さ、そこの柔軟シャーレにはいりなさい」ナンドゥ＝ゴラがいった。現在、首席の地位にあり、内なる力の館の調整コンピュータを操作している気高き番人だ。

　サグス＝レト、ケルマ＝ジョ、かれらの指導者二名は、フッ素プラスティックで内ばりしてある浴槽形の窪みに滑りこんだ。宇宙船の制御・操縦室にある窪みに似ているため、それと同じように柔軟シャーレと呼ばれている。

「問題解決の手助けをしてほしいと？」ナンドゥ＝ゴラは愛想よくいった。

「この問題にそもそも解決法があるのかどうかわかりません」と、ヴァス＝デヴァが力ない声で説明する。「いずれにせよ、クルマ＝プジャもわたしも、このとんでもない出来ごとをどう説明したらいいのか、はかりかねています。サグス＝レトとケルマ＝ジョに宇宙船操縦の基本の第一段階を教えようとしたさい、この二名に同時に起きたことなのですが」

　かれはしばらくナンドゥ＝ゴラの返答を待ったが、首席が無言だったので言葉をつづけた。

「訓練生二名はスタート・シミュレーションをおこなったのち、その後の指示を待たずに、人工ブラックホールをつくりだす操作をプログラミングして宇宙船をハイパー空間に突入させ、超光速ファクターと移動距離を算出したのです」

　ナンドゥ＝ゴラは、視覚触角を一本ずつ訓練生二名に向けた。

「内なる力の館にくる以前に、きみたちが宙航士の訓練をうけていたはずはないと思うのだが？」

「おっしゃるとおりです、ナンドゥ＝ゴラ」と、サグス＝レトが答える。ケルマ＝ジョも同じ言葉をつぶやく。

「ブラックホール突入を決めた動機は？　成功するとは思えなかったはずだが？」ナンドゥ＝ゴラが問いただす。

サグス＝レトは記憶をたぐった。だが、ナンドゥ＝ゴラの問いに答えられるようなことはなにも思いだせなかった。ただ、なんとなく、謎の力が関わっているような気がした。だが、そんなのは妄想だと、自分で切りすてた。

「わかりません」結局、ありのままに説明した。「でも、正しい操作をしているのだという自信はありました」

「きみの操作はたしかに正しかった」と、クルマ＝プジャ。「二名とも完璧でした、ナンドゥ＝ゴラ。ですが、かれらにそんなことができるはずはなかったのです。なにか超自然的なことでもないかぎりは」

「とはいえ、〝名状しがたき力〟に不可能なことはありません」と、ヴァス＝デヴァが口をはさんだ。

「問題がもう解決しているなら、なぜわたしのところへきたのか？」しばらくして、ナンドゥ＝ゴラはやや調子はずれに歌うような声でいった。

「問題はまるで解決しておりません」クルマ＝プジャが驚いていう。

「いや、解決しているではないか」と、ナンドゥ＝ゴラ。「自分で答えを口にしながら、それに気づいていないだけだ」

「あれは、われわれにはなにもわからないということを表現した、ただの言葉のあやです」と、ヴァス＝デヴァ。

「肺呼吸するわれわれが、鰓について語ることはしないものだ」と、ナンドゥ＝ゴラ。「〝名状しがたき力〟を定義しようとする者は、その力を限定しようとしてはならない。われわれの不完全な感覚では理解できないことも〝名状しがたき力〟にはすべて可能なのだと理解しなければならない。〝名状しがたき力〟は、宇宙をひとつにまとめている力なのだからな。超能力は、〝名状しがたき力〟の遍在の副作用なのだ」

「それでは、超能力が働いたと……？」クルマ＝プジャはいいよどんだ。

「そうだ、そう考えざるをえない」と、ナンドゥ＝ゴラ。「サグス＝レトとケルマ＝ジョはきわめて高い能力を持った物質暗示者だ。ダルゲータ史上最高といってもいい。その能力の源は脳内の超心理領域なのだから、この領域の活動が非常に活発であれば、脳内の他領域にまで影響をおよぼすということも起こりえるとわたしは思う。

よって、サグス＝レトとケルマ＝ジョは、脳内超心理領域の活動が非常に活発であるため、シミュレーション用コクピットにはいって最初の指示をうけたとたんに、ダルゲータ船のあらゆる機能と熟練パイロットのあらゆる技能をたちどころに会得《えとく》できたのだ、と推測する」

「だとすれば、かれらはポジティヴ・ミュータントだということになりますね！」と、クルマ＝プジャが興奮ぎみにいう。

「明らかにそうだ」と、ナンドゥ＝ゴラもよろこびに弾《はず》んだ声でいう。「じつをいえば、これは時期的にもちょうどよかった。ほんの百分の一日前、遠距離コミュニケーターを通じて、あるアヴァタルから救助要請がはいったのだ。かれの種族のメドゥーサ一体が未知の病気にかかったという。神経管の両端に、ふたつの異なる症状があらわれたそうだ。神経管とは、メドゥーサが通常空間とつながる部分のことだが」

「メドゥーサ？」サグス＝レトは驚いてたずねた。「クラゲ生物のことですか？　それに、アヴァタルとは？　そんな種族名はいままで聞いたことがありません」

「四銀河の種族ではない」と、ヴァス＝デヴァが説明する。「厳密にいうと、ひとつの場所にかたまって定住しているわけでもない。アヴァタルはいくつかの集団に分かれ、クラゲのような知性体メドゥーサの内部に住んでいるんだ。メドゥーサはハイパーエネルギーでできていて、神経管と呼ばれる変換器官だけが通常空間とつながっている。アヴァタルとメドゥーサの関係は共生だといわれているが、くわしいことはなにもわからない」

「メドゥーサはアヴァタルに居住空間をあたえ、通常空間のあらゆる危険から守っていぐって集めた情報をメドゥーサに提供する。メドゥーサは位置をしょっちゅう変えるし、ハイパー空間内を移動するため、移動距離も非常に大きい。アヴァタルのオペレーターの助けがなければ、メドゥーサに遭遇することはできない。

そこで、われわれに救援を要請してきたアヴァタルのマチューがオペレーターでやってくるわけだ。四銀河の近傍領域外の宙域でダルゲータ船を待ちうけ、メドゥーサのもとへ案内してくれる。われわれの到着が早ければ、メドゥーサを救える確率も高まるのだが、あいにく、ダルゲータにはいま、すべての訓練を完了した物質暗示者が一名しかいない。しかも、今回の任務には物質暗示者が二名必要なのだ。通常空間側にある神経管の物質と、ハイパー空間側にある神経管およびメドゥーサ本体の物質の両方に同時に影響をあたえなければならないから」

首席はあらためて訓練生二名に目を向けた。

最初、サグス＝レトは信じられないと思った。それから、腹腔内の開放血管系によろこびの波が湧きあがるのを感じた。

「いますぐ重要な任務につけるのですか？」と、かれはたずねた。

「いますぐではない」ナンドゥ＝ゴラが若者のはやる気持ちをおさえる。「まだいくつか準備が必要だ。なにより、いまダルゲータにある唯一の二名船がオーヴァホール中だから。だが、作業は二日で終わる。それに、きみたちの特別な超能力をもってすれば、のこりの訓練に二日は要しないだろう」

10

サグス＝レトは、〝内なる力の館〟の宿舎で目ざめた。居住区につづくドアの上のクロノメーターを寝桶から見ると、最後の授業の時間までまだ十分の一日あるとわかる。もよりの保養浴場にでも行こうかと考えたそのとき、なにかが脳内に飛びこんできたような気がした。

次の瞬間、自分とケルマ＝ジョは超越知性体セト＝アポフィスの代理人なのだという事実をあらためて思いだした。セト＝アポフィスは、べつの銀河の球状星団にかくれているある存在を探すために、われわれを緊急に必要としている。

その存在とはポルレイターだと、サグス＝レトは〝直感〟した。はるか昔にセト＝アポフィスを裏切り、悪の化身についた者たちだ。その後ポルレイターたちは、セト＝アポフィスの力の集合体を出て……この概念が脳裏に浮かぶと同時に、サグス＝レトは〝力の集合体〟という言葉の意味も理解した……中立地帯リンボを通過し、悪の化身の影響圏へと逃げていった。逃げるさい、極秘文書やその他の貴重な秘密をセト＝アポフィスから盗みだし、持ちさった。

セト＝アポフィスがポルレイターの潜伏場所の座標を知っていて、自分とパートナーを宇宙のある地点へ行かせようとしていること、ナンドゥ＝ゴラがこれから自分たちにわたそうとしている座標こそその地点であること、そこでセト＝アポフィスのべつの代理人が自分たちを待ちうけていることも、かれは事実として認識した。

代理人はわたしとケルマ＝ジョをポルレイターの潜伏場所へ案内するだろう。そこからは、われわれだけでポルレイターを探さなければ。この任務はわれわれのような高い物質暗示能力を持つ者にしかはたせないのだから。かれらを見つけだしたら、極秘文書をとりもどし、セト＝アポフィスの代理人にひきわたそう。

この任務をひきうけたらメドゥーサを助けられなくなる、という懸念が頭をもたげたとき、サグス＝レトは気づいた。アヴァタルの知らせは誤解にもとづいている。メドゥーサは本当は助けを必要としているわけじゃない。

このあらたな任務についてケルマ＝ジョと話しあうため、急いでコミュニケーターのスイッチをいれようとした。だが、その途中でとまり、自分がなにをしようとしていたのか忘れてしまった。セト＝アポフィスが洗脳コンタクトをふたたび切ったのだ。その結果、かれはセト＝アポフィスの工作員から、ふたたび、病気のメドゥーサを救うという重要な任務の準備にいそしむ忠実で誠実な物質暗示者にもどった。

だが、かれの脳内では、セト＝アポフィスが超自然的方法で移入した情報や指示のすべてが、超心理領域にかくれてひそかに出番を待っていた。

＊

ナンドゥ＝ゴラ、メニル＝ハル、クルマ＝プジャ、ヴァス＝デヴァは、出発ロビーの透明ドームの下で待っていた。出発ロビーからは透明なパイプがのび、二名船に接続している。

二名船の名は《ヘロオン・ドゥルグ》。そのかたちは、一名船とはまったく違っている。長さは一名船とほとんど変わらず、三百十四長単位だが、幅は一名船の二倍以上あり、百七長単位だ。高さが一名船と同じ五十長単位なので、より平べったく見えた。全体の二十分の一を占める、船首にふたつ隣りあうドーム……その下に制御・操縦室がある……のうしろに、一名船と同じように赤道環と円板状セグメントが連なっている。ただし、船体後部がふたつに分かれているため、その数は一名船の二倍ある。船体はしだいに先細りになり、最後尾でふたたび接続セグメントによって一体化する。

「サグス＝レト、ケルマ＝ジョ」と、ナンドゥ＝ゴラは呼びかけた。「わが種族にこれほど傑出した物質暗示者があたえられたことに対して、〝名状しがたき力〟への感謝の念でいっぱいだ。

どんなに困難な任務であろうと、きみたちならみごとに遂行すると確信している。きみたちの特別な能力を目のあたりにして、わたしは、最初の試験のあと予告していた質問をとりやめた。きみたちが正しい答えを知っていることはわかっているからだ。さ、宇宙船にはいりなさい！　アヴァタルのマチューーがオペレーターで待っている地点の座標を、操縦ポジトロニクスに入力しておいた。きみたちはスタート・プログラムを開始するだけでいい。そうすれば、《ヘロオン・ドゥルグ》がきみたちを迅速かつ確実に目的地へと運んでいくだろう」

サグス＝レトの心に突然、疑念が湧きおこった。だが、自分がなにを疑っているのか、いおうとしても表現できなかっただろう。かれは疑念を振りはらったが、不快感はのこった。まるで、任務の門出《かどで》に暗雲が垂れこめているような気がした。

「安心しなさい」と、メニル＝ハルがいう。「アヴァタルの外見は最初は不気味に思えるだろうが、かれらはドガアクよりも平和的な種族だ。昔、物質暗示者がかれらとメドゥーサのために協力したことがあるが、かれらに関する物質暗示者たちの報告はポジティヴなものばかりだった」

「湿った皮膚とよきコンタクトを祈る」と、クルマ＝プジャが歌うようにいう。

「わたしも祈っている！」ヴァス＝デヴァが叫んだ。

「さ、行きなさい！」ナンドゥ＝ゴラがいう。

サグス＝レトは、いつものように背中に乗っている私有トリプリードたちがおちつきを失っていることに気づいた。ダルゲータをはなれるのを自分がためらっていることを、感じとったのだろう。かれは心のなかで気合いをいれ、自信に満ちた顔をしようとした。

ケルマ＝ジョにつづいて、接続パイプを通りぬけ、宇宙船の船首側面のエアロックをくぐった。前日に船内設備についてくわしく教わっていたので、勝手はわかっている。照明とスクリーンはすでに点灯していた。

高さも幅もある通廊にはいる。その通廊のわきに、ふたつの制御・操縦室への入口がある。ケルマ＝ジョは、左側の操縦室の入口を通りこして右側の部屋の柔軟シャーレに、サグス＝レトは左側にはいった。

かれは近距離コミュニケーターのスイッチをいれ、いった。

「こちら《ヘロオン・ドゥルグ》、パイロットのサグス＝レトとケルマ＝ジョ。スタート許可を願います」

「管制塔から《ヘロオン・ドゥルグ》のパイロットへ」と、応答があった。「あなたたちの任務は？」

これはたんに形式的な質問だと、サグス＝レトにはわかっている。ミッションのデータはすでに管制塔に保存されているのだから。

「宇宙のある地点に向かい、そこで代理人とおちあいます」と、かれは応答した。

代理人だって？　びっくりしてかれは自分に問いかけた。オペレーターでやってくるアヴァタルとおちあうんだろう？

だが、ポジトロン複合体はこれを、サグス＝レトがアヴァタルのことを〝代理人〟といいかえたのだと解釈したようだった。その証拠に、管制塔はこう応答した。

「管制塔から《ヘロオン・ドゥルグ》のパイロットへ。スタートを許可します。よきコンタクトを！」

「ありがとう」サグス＝レトは、三角形のマークがついたセンサー・ポイントに触れた。コンソールの上のデータ・スクリーンに表示される数字がめまぐるしく変化していく。宇宙船がどんどん加速しているのだ。外側観察スクリーンにうつる宇宙港がみるみるちいさくなっていく。

シミュレーション飛行のときとまったく同じだ。だが、どこか違っていた。その理由は、今回はほんものの宇宙航行だからというだけではなかった。突然、サグス＝レトは超越知性体セト＝アポフィスに教えこまれたことをすべて思いだしたのだ。自分とケルマ＝ジョがセト＝アポフィスの代理人だということ。ナンドゥ＝ゴラによって入力された座標の場所で自分たちが出会うのは、オペレーターに乗ったアヴァタルではなく、セト＝アポフィスの代理人であること。セト＝アポフィスが、自分たちを遠い銀河の球状星団へ導いてくれること。

「だけど、どうしてナンドゥ＝ゴラは、セト＝アポフィスの代理人とおちあう場所の座標をわれわれにわたしたんだろう」と、ケルマ＝ジョが船内コミュニケーターごしにたずねてくる。

サグス＝レトは、ふたつの制御・操縦室を隔てている透明な壁ごしにパートナーを見ようとして、感覚器を一本動かした。ケルマ＝ジョがさも当然のように超越知性体について話すのを、まったく不思議だとは思わなかった。なぜなら、それは当然のことだったから。

「アヴァタルの知らせは誤報なんだ」と、かれは答える。「メドゥーサはわれわれの助けを必要とはしていない」

「それはわたしにもわかっている」と、ケルマ＝ジョ。「だけど、ナンドゥ＝ゴラにもそれはわかっているはずじゃないか。アヴァタルは最初の報告を訂正したはずだ。だれも不要な長旅をしなくてすむようにさ」

「本来ならそうなるところだ」と、サグス＝レトはいう。「それでもナンドゥ＝ゴラがわれわれを送りだしたということは……」

「われわれの旅がむだにはならないことを知っていたから、としか考えられない」と、ケルマ＝ジョ。

「となると、ナンドゥ＝ゴラも、われわれがセト＝アポフィスの代理人だと知っていることになる！」サグス＝レトは興奮して叫んだ。「ということは、かれ自身、超越知性体の代理人なんだ」

「それならどうして、われわれにそういわなかったんだろう」

その理由がわかったとき、サグス＝レトはほっとしてからだをのばした。

「それはたぶん、代理人同士のあいだではそんな必要はないからなんだよ、ケルマ＝ジョ。かれには、われわれが事情をわかっていることも、かれ自身も代理人だということにわれわれがあとで気づくこともわかっていたんだ」

「そうにちがいない！」と、ケルマ＝ジョが叫ぶ。かれもほっとしていた。その性格上、サグス＝レトもケルマ＝ジョも、ナンドゥ＝ゴラがうけとった知らせを発信したのがアヴァタルではなく、セト＝アポフィスの命をうけて集合ポイントで自分たちを待ちうけているのが工作員だとは夢にも思わなかった。ナンドゥ＝ゴラは、嘘というものが存在することも、そもそも嘘がどんなものなのかもけっして理解しないだろう。それはかれらも同じだった。セト＝アポフィスは、嘘をついて出発のための口実をつくることをサグス＝レトとケルマ＝ジョに教えこむことが不可能だと知って、ナンドゥ＝ゴラを介するというまわり道を選んだのだった。

サグス＝レトは、この会話をはじめたときには動揺していたトリプリードたちが、おちつきをとりもどして居眠りをはじめたことに気づいた。制御・操縦室内の、湿度を充分にふくんだ温かな空気につつまれて、かれらはすっかりくつろいでいた。

「きっと長い旅になるね」と、かれはパートナーにいった。「瞑想して時間をつぶすことにする」

「いいアイデアだ」と、ケルマ＝ジョ。「わたしもそうしよう」

サグス＝レトは感覚器をすべてひっこめ、からだの緊張をゆるめると、瞑想状態にはいり、より高い意識状態へと導かれていった……

11

　ふたたび通常の意識状態にもどったとき、サグス＝レトはすぐに感覚器をのばした。データ・スクリーンと外側観察スクリーンを見て、宇宙船がまだハイパー空間にいることを確認する。ためしに素粒子探知器官の先をコクピットの天井に向け、ハイパー空間の影響から宇宙船を守っている内壁と遮蔽《しゃへい》フィールドの向こう側に意識を集中してみる。

　だが、遮蔽フィールドを透視することはできなかった。かれの透視能力も歯がたたない。ハイパー空間の原子内構造を知るのにこの方法は使えない、と、かれは思った。遮蔽フィールドをオフにするわけにもいくまい。宇宙船をハイパー空間の斥力《せきりょく》にさらし、べつの宇宙……現在有力な説によれば、それは並行宇宙だという話だ……へと飛ばされたいのなら話はべつだが。

　サグス＝レトはパートナーのほうを見た。ケルマ＝ジョはまだ、柔軟シャーレのなかで深い瞑想状態にあった。

柔軟シャーレに目がとまったとき、サグス＝レトはその下になにがあるかを思いだした。急速冷凍タンクだ。その唯一の用途は、なんらかの状況下でパイロットが死亡した場合に遺体を保存すること。ダルゲータ以外の惑星に埋葬されることは、ダルゲーテンにとってタブーなのだ。恒星間コンタクトの黎明期には、物質暗示者は友好諸種族の宇宙船に同乗して宇宙航行していたが、やがてその習慣をやめて専用宇宙船に乗るようになった。その理由のひとつがこれだった。こうしておけば、瀕死の物質暗示者は、すくなくとも急速冷凍タンクにはいれば、いつかべつの物質暗示者が見つけてダルゲータに連れかえり、埋葬してくれるだろうとの希望を持つことができる。

死について考えると身震いが出たが、それもすぐにおさまった。若いサグス＝レトには、死はまだ遠い先のことだと思えたから。

背後で物音がしたので、かれは視覚触角をうしろに向けた。トリプリード三匹が、餌《えさ》の缶がはいった容器の前に集まっていた。

最初かれは、腹が減ったならどうして自分で開けないんだろうと不思議に思ったが、容器が自宅や〝内なる力の館〟の宿舎にあったものとは違うことを思いだした。この容器の鍵は機械式でなく、エレクトロン式なのだ。

かれが解錠センサーに触れると容器の蓋が開き、トリプリードの餌がはいった缶がいくつか転がりでた。トリプリードたちは各自、プルタブをひいて缶を開け、特有の行儀のよさを見せて餌を食べはじめた。

理論的には、かれらは自分で解錠センサーに触れることもできる。だが、実際にはそれは不可能だった。出発前にサグス＝レトが、〝宇宙船のなかではわたしの背中の上か、コクピットの後部か、水をはった窪みがいくつかある、専用のパイプシステムのなかにいるように。それ以外の場所に行ってはならない〟と、暗示命令をあたえておいたからだ。かれらがコクピット前部のセンサー類の上を歩きまわったりしたら、大惨事になりかねない。

アヴァタルとの集合ポイントまであとどれくらいあるんだろう。サグス＝レトはそう思ってから、いらいらして視覚触角をひっこめた。アヴァタルに会うことはない、という考えが頭に忍びこんできたのだ。どうしてこんなばかな考えが浮かぶのだろう。だれかに会う目的もないのに、こんな長旅をしているというのか？

視覚触角をふたたびのばすと、ケルマ＝ジョが瞑想から目ざめたことに気づいた。

「まだハイパー空間のなかなんだね」感覚器をのばしてケルマ＝ジョがいう。

サグス＝レトが表示を見て説明する。

「三ダルゲータ日と十分の四日と千分の一・五日たったところだ」

「じゃ、まだ四銀河内の宙域だね。代理人に会うことになっているのは四銀河の外なんだろう？」

「代理人だって？」と、サグス＝レトがおもしろがってたずねる。「われわれはアヴァタルに会いにいくんじゃないか」

「しっかり目がさめていなかったせいだ」と、ケルマ＝ジョは答え、考えこむ。「でなきゃ、こんなばかなことをいうはずがない」興奮したように感覚器をはげしく動かす。

「それとも、アヴァタルの話は思い違いだったんだろうか。頭が混乱してきた。わたしはいったいどうなってしまったんだ」

サグス＝レトは、さっき自分の脳裏にも同じような考えがよぎったことを思いだした。自分がどうしてそんなことを思いついたのか、必死に思いだそうとした。それについてはなにも思いだせなかったが、思いだせる以上のことを自分は知っているのではないかという気がした。

「なんだか気味が悪いな」ケルマ＝ジョ」と、沈んだ声でいった。「代理人という言葉が頭に浮かぶからには、きっとなにかちゃんとした理由があるんだと思う。わたしが管制官に〝宇宙のある地点に向かい、そこで代理人とおちあいます〟といったのを、きみもおぼえているだろう？」

「いま思いだしたよ」と、ケルマ＝ジョ。「でも、あのときはなんとも思わなかった。われわれ、記憶障害を起こしているんじゃないだろうか、サグス＝レト」

「われわれの超能力に関係があるのかもしれない、ケルマ＝ジョ。ひょっとしたら、いくつかの脳領域の超心理的過敏状態がほかの脳領域に悪影響をおよぼしたのかもしれない」

「じゃ、もどらなくては。われわれには、メドゥーサを治療するという責任をはたすことはできない。重大な間違いが起きるかもしれないから」

「それはだめだ」サグス＝レトがいう。「われわれの頭におかしな考えが浮かぶ原因はきっとべつのところにあると思う、ケルマ＝ジョ。このミッションのためにわれわれは特別に調整されたような気がするんだ。わたしのいっていることがわかるか？」

「わかると思う、サグス＝レト。だけど、だったらそれがなんなのか探りださなきゃ。どうしてそれを思いだせないのかもふくめて。たぶん、これはすべてわれわれの自己暗示が原因なんだ」

「自己暗示による記憶の調整、か」サグス＝レトは、考えていることを口に出した。「ブロックされた記憶が、決まったきっかけによってよみがえるようになっているんだ。そうだ、そうかもしれない。これで記憶障害の線はなくなったぞ。いま気がついたが、わたしは訓練の詳細まではっきりとおぼえている。記憶障害だったらそんなことありえない。ほっとしたら、腹が減ったよ」

「きみのトリプリードたちもね」と、ケルマ＝ジョが答える。

パートナーが自分のトリプリードに餌を用意するあいだに、サグス＝レトはあるセンサー・ポイントに触れた。ポジトロン制御のキッチンから〝パイプ便〟で食事が運ばれてきた。三立方長単位の容量を持つボウルにはいったオポス・ディジャ草の芯の蒸し焼きを、かれは無数の歯におおわれた舌ですりつぶし、飲みくだした。食べおわると眠くなったので、すくなくとも半日は眠ろうと思った。感覚器をひっこめて、くつろいだ姿勢をとる。そのあいだも、宇宙船は超光速でハイパー空間を移動しつづけていた……

＊

目がさめて感覚器をのばしたとき、サグス＝レトは思わずびくりとした。外側観察スクリーンにうつっていたのが、ハイパー空間の色あせたグレイのヴェールではなく、通常空間の漆黒の闇と銀河の淡い光だったからだ。

目の前のデータ・スクリーンを見ると、宇宙船がとまっていることがわかった。宇宙船と無数の銀河やほかの天体とのあいだで起きる、これまた無数の、ほとんどが視覚的に知覚できない相対的な動きをべつにすれば、宇宙船は静止している。

目的地についたぞ、と、ケルマ＝ジョに呼びかけようとした。だがそのとき、パートナーも目をさまして感覚器をのばしていることに気づいた。

「ここはどこだ？」ケルマ＝ジョが眠そうな声でいう。

サグス＝レトはちいさなデータ・スクリーンを見た。

「虚無空間のどこかだ。アンテフェーレ銀河から一・五光年、トルラメーネ小銀河から二・五光年はなれている」

そういうと、探知スクリーンを見つめた。

「探知機の有効範囲内にはなにも見えない。セト＝アポフィスの代理人は遅刻したのかもしれない」事情を瞬時に思いだしたことに気づき、かれは驚いて呼吸孔から息を吐きだした。「ケルマ＝ジョ、わかるか。われわれの記憶の欠けていた部分がもどったぞ」

「記憶の欠けていた部分？」ケルマ＝ジョは怪訝な顔でたずねたが、やがてかれも息を勢いよく吐きだした。「ああ、わたしもいま思いだした。われわれがセト＝アポフィスの代理人で、落ちあう相手はアヴァタルじゃなく超越知性体のべつの代理人だってことを、しばらく忘れていたんだ。だけど、どうしてだろう？」

「わたしにもわからない。変だなあ！」

「なにが変なんだ？」

「サウパン人の有翼艦がだよ」と、サグス＝レト。「いま、有翼艦の外観が突然、頭に浮かんだ。なんにしても、われわれから見ればおかしな宇宙船だ」

「サグス＝レト、わたしの頭にもいま浮かんだ」ケルマ＝ジョはあっけにとられ、いった。「だけど、これまでに見たことも聞いたこともないものがどうして思いうかぶんだろう。それとも、これも忘れていたのを思いだしたんだろうか」

「そんなに急《せ》かすなよ！」サグス＝レトは考えこんだ。「いま、理解しようとしているんだ。いまわれわれがセト＝アポフィスや自分たちの任務について知っていることはすべて、その都度、突然に頭に浮かんできてわかったことばかりだ。きっと、セト＝アポフィスが、必要なときに必要な情報をわれわれに送ってきていたんだ」

「テレパシーで？」ケルマ＝ジョも考えこむ。「でも、われわれが知っているかぎり、テレパシーによる通信にはすくなくともテレパスふたりが必要だ。非テレパスはテレパシーを送ることもうけることもできない」

「あれは通信じゃない、ケルマ＝ジョ」と、サグス＝レト。「一方通行の情報伝送だった。いや、それも違う。セト＝アポフィスがわれわれの能力について知らなかったら、われわれを代理人には選ばなかっただろう。だけど、非テレパスのわれわれにはテレパシーでその情報を伝送することはできないんだから、これはもう、セト＝アポフィスがわれわれの意識内容をぬきとったとしかいいようがない」

「でも、それはわれわれの倫理原則に反する行為だ」と、ケルマ＝ジョ。

「われわれの倫理原則にはね。でも、セト＝アポフィスは超越知性体なんだ、ケルマ＝ジョ。きみにもわかると思うが、超越知性体は進化の系統図のなかで、宇宙航行可能な知性体よりも上の存在だ。ちょうど、宇宙時代にまだ達していない知性体よりもわれわれのほうがより高度に進化した存在であるのと同じように」

「ああ、わたしにもわかった。それにしても、そんなふうに思考を伝送するなんて。信じられないな！」

「たしかに。でも、超越知性体にとってはなんでもないことだ。われわれは、超越知性体の任務をはたすにふさわしい存在だと認められたんだ。すごいじゃないか」

ダルゲーテン二名はびくりとした。両コクピットの構造走査機のなかで雷のような爆音が鳴りひびき、フィールド・バリアが青白い炎をあげて崩壊したのだ。ダルゲーテンの二名船はどちらのコクピットからでも操縦することができるが、操縦するパイロットは当然、一名だけだ。

「なにが起きたんだ？」ケルマ＝ジョが叫んだ。

「きみの制御システムを自分で見てみろ」サグス＝レトはそう答えると、フィールド・バリアを再作動させるセンサー・ポイントに触れた。

「大きくて重い物体が至近距離にテレポーテーションしてきた」と、ケルマ＝ジョ。

サグス＝レトはべつのセンサーに触れながら、ポジトロニクスに命じる。

「ポジトロニクス、出現した物体の鮮明な映像を大スクリーンにうつしてくれ。それから、そのデータをデータ・スクリーンに表示しろ」

二万分の一日たらずで、どちらの命令も実行された。ポジトロニクスの大スクリーンに、奇妙きてれつな物体の〝実物大〟3D画像があらわれた。

それは、首を上下に動かしながら翼を羽ばたかせる、ダルゲータの大型の草原鳥を思いおこさせた。

もちろん、銀河間の虚無空間の真空に漂うそれが生物でないことは一目瞭然だった。データ・スクリーンの数字によれば、〝くちばし〟からうしろにのばした翼の先端までの長さが九百八十長単位。異常に膨らんだ寝桶のようなかたちをした胴体の長さだけでも五百長単位あった。胴体の幅は前部は二百長単位だが、後部は三十長単位しかない。高さは、鳥の脚のような着陸脚をのぞいて三百長単位。〝翼幅〟は八百長単位。そのほかに探知機は、物体表面の鉛色が、厚さ一長単位の金属外殻にはられたセラミック様物質の色であることもつきとめていた。

「サウパン人の有翼艦だ!」と、ケルマ＝ジョが叫んだ。

そうだ、と、サグス＝レトも思った。セト＝アポフィスの代理人の宇宙船だ。だが、どうしてこんなおかしなかたちなんだ?

遠距離コミュニケーターのスクリーンが点滅しはじめたので、かれは通話を開始するセンサーに触れた。

スクリーンの点滅がとまり、画面が明るくなった。

奇妙な生物の3Dカラー映像がスクリーン上にあらわれた。ダルゲーテン二名には、その姿は有翼艦よりもさらにずっと奇妙に見えた。

鈍く光る色とりどりの甲冑《かっちゅう》のようなものに、全身がくまなくおおいかくされている。ダルゲーテンの目には、それはイモムシがからまりあって積みあがったような格好に見えた。甲冑のところどころに、有翼艦の外殻と同じようにセラミック様の物質がはられている。だが、それがロボットかもしれないとはダルゲーテンたちは一瞬も思わなかった。そのなかになにか生物がいる、という印象があまりにも強かったからだ。

サグス＝レトがサウパン人の……スクリーン上にあらわれたそれがサウパン人であることを、かれは疑わなかった……外見によってうけたショックからたちなおり、呼びかけようとしたそのとき、コミュニケーターのスピーカーから、低くしわがれた、どこか憂鬱そうな声が聞こえてきた。

かれはすぐに船載トランスレーターのスイッチをいれた。だが、ポジトロン制御のトランスレーターはうまく機能しなかった。サグス＝レトは焦《あせ》った。これではどうやってサウパン人とコミュニケーションをとったらいいのだろう。ところがそのとき突然、音声が変化し、トランスレーターが反応しはじめた。サウパン人が自分の言語をこっちのトランスレーターが翻訳できるかたちに〝処理〟する機器でも、コミュニケーターに接続したのだろうか。

「こちらカイパストゥル、サウパン人の宇宙船の指揮官だ」という相手の言葉をサグス

＝レトは理解した。「セト＝アポフィスの命をうけてここへきた。きみたちを遠い銀河の球状星団へ案内する。きみたちが、われわれの探している人物であればだが」

「こちらサグス＝レト。わがパートナーのケルマ＝ジョとわたしは、セト＝アポフィスの命をうけてこの集合ポイントにきた。案内願いたい」

「きみたちの宇宙船はじつに奇妙なかたちだ。きみたちの姿と同じくらい」と、カイパストゥルは答える。「きみたちは、われわれが探している人物だ。だが、その宇宙船は大きすぎてこちらの宇宙船には乗せられない。そこから出て、われわれの宇宙船に乗りかえなさい」

「それは困る。とうてい無理だ」と、サグス＝レトは答える。「見たところ、あなたたちサウパン人はわれわれよりもずっと小柄だ。そちらの宇宙船には、われわれが必要とする環境条件をつくりだすだけのスペースはないだろう。それに、セト＝アポフィスがわれわれにあたえた活動的な役割は、この宇宙船に乗っていなければはたせない。先導してくれ。あとをついていくから」

「どういうことだ！」と、カイパストゥルは抗議したが、その抗議はどこか弱々しく、あきらめムードが漂っている。「それは不可能だ。われわれの宇宙船の超光速エンジンは遷移をベースにしているが、きみたちの奇妙な宇宙船はまたべつの推進力を利用しているようだからな」

「われわれの宇宙船は、人工的につくりだしたブラックホールからハイパー空間に突入し、そのなかを超光速で移動する」と、サグス＝レトが説明する。

「それはわれわれの超光速エンジンとはあわない」と、サウパン人が答える。「だがおそらく、こちらの遷移エンジンには、そちらの宇宙船の質量がくわわっても耐えられるだけの出力性能がある。きみたちの宇宙船をこちらの宇宙船の上面によせて、強力な拘束フィールドで固定してくれ。ところで、きみたちは強力な拘束フィールドがつくれるのか？」

「そちらの宇宙船を曳航できるくらい強力なのがつくれるとも」と、サグス＝レトが答える。

「それはだめだ。きみたちは目標宙域の座標を知らないからな」と、カイパストゥル。「きみたちの宇宙船をわれわれのに固定するんだ」

座標をそっちのポジトロニクスからこっちのポジトロニクスへ転送すればいい、と、サウパン人に説明したくなる気持ちをサグス＝レトはおさえた。その方法をとらないことにはなにか理由があるのだろうと思ったからだ。無限の英知の持ち主セト＝アポフィスには、サウパン人に自分たちを案内させる理由があるのだろうと。そうでなければ、座標を教える道を選んでいるはずだ。

《ヘロオン・ドゥルグ》を有翼艦の〝背中〟に固定する作業はすぐに終わった。そのあいだに探知機によって、有翼艦の制御・操縦室が鳥の頭のようなかたちをした艦首部分にあることが判明した。巨大な胴体部分には機械室や貨物室があり、翼部分はもっぱら機器の収納に使われている。

自分たちの宇宙船を有翼艦に固定したうえで素粒子探知器官を使えば、ダルゲーテン二名にとって、サウパン人とその甲冑を素粒子レベル、原子レベル、分子レベル、全体構造レベルで分析することは比較的かんたんなはず。だが、ほんの一瞬そう思ったものの、かれらはそれを実行しなかった。というのも、正当防衛としてやむをえずおこなう場合以外は知性体のプライベート領域を侵害してはならない、というのが、内なる力の教団によって定められた物質暗示者の掟だったからだ。

有翼艦からふたたび交信がはいり、カイパストゥルが説明する。これから一回めの遷移を開始すること。ぜんぶで三回、遷移をおこなうこと。最初の遷移で目的地銀河の百万光年手前まで移動し、二度めで目的地銀河周縁のハロー部に、三度めでポルレイターの潜伏場所である球状星団近傍に到達すること。

その直後、有翼艦はドッキングしたダルゲーテンの宇宙船もろとも動きはじめた。有翼艦が光速に迫る速度にまで加速したとき、ダルゲーテン二名をエネルギー性のはげしい放電が襲った。その瞬間、有翼艦は三次元空間から姿を消していた……

12

シスカ・タオミンは、ハンザ船《マグ・メル》司令室の補助シートに腰かけ、目を輝かせて大探知スクリーンに見いっていた。そこには、かれが見たこともないような光景がひろがっていた。

シスカのたっての願いで、テイマー・クサイエ船長が主ポジトロニクスに命じ、目下航行中のハイパー空間をできるだけ実物に近いかたちにシミュレーションして大探知スクリーンにうつさせていたのだ。

もうじき十六歳になる少年は、スクリーンに釘づけだった。中心がひときわ明るく揺らめく銀河の渦巻きがどんどん遠ざかり、ちいさくなっていく。銀河をとりまくハロー部は、みごとな王冠のような球状星団の輝きによっていっそうきわだっている。

数百光年先に球状星団M-3……NGC5272が見える。銀河系で視覚的にもっとも美しい球状星団だ。だが《マグ・メル》の目的地はそこではなく、そのななめ向こう側に見える七百光年先のラパヌル星系だった。白色矮星と三つの惑星からなり、三惑星は同一軌道上を公転している。恒星との距離は、生命が存在しえる条件を満たしている。ラパヌル星系は、ほんの数年前に偶然、発見された。数千年前に銀河系からはじきだされ、最終的には銀河周辺のハロー部からもはじきだされて虚無空間へと追いやられたため、無限の宇宙のなかに埋もれて存在が知られていなかったのだ。

発見後、調査船が派遣された。三惑星すべてに、テラをしのぐほど多様な動植物が生息していた。ただ、知性体は発見されず、以前に文明が存在した証拠もなかった。

とはいえ、三惑星の軌道にはなんらかの超技術が関与しているものと思われた。これまで、既知の銀河で複数の惑星が同じ軌道上を運行しているのが発見されたことは一度もなかった。計算上も、そのような軌道が自然に成立することはありえない。

三惑星すべてで大量の鉱物が発見された。そのなかには、テラでは非常に希少かつ貴重な鉱物もふくまれていた。とはいえ、その鉱物を採掘して宇宙船でテラまで輸送したのでは、当然コスト面でひきあわない。また、これまでのところ、ＬＦＴ首脳部は三惑星の所有権および居住権取得を許可していなかった。認められたのは研究基地建設だけだ。

《マグ・メル》はありとあらゆる物資や装備を積載して太陽系とラパヌル星系を定期的に往復し、テラから基地にとどけている。同時に《マグ・メル》は、基地内に勤務し周辺の調査にあたる人員を送りとどける役目もになっている。今回、テラの鉱物学者三十七名がラパヌル星系第二惑星に向かう機会を利用して、レジナルド・ブルはシスカ・タオミンへの約束をはたし、かれが調査隊にくわわれるようにしてやったのだった。四十二歳の女性鉱物学者ヴィリア・トゥフォークがシスカの面倒を見ることになっている。さらに、ブルはシスカに専門ロボットをつけてやった。これは鉱物を探すさいに役にたつ、と、説明して。

ブリーがこのロボットをつけたのは、おもにぼくの身を守らせるためだろう、と、シスカは思ったが、黙ってうけとった。

「シスカ、あと三分で第一リニア段階を終了し、通常空間へもどる」ななめ前で主コンソールにすわっているテイマー・クサイエがいう。「通常空間にもどったら、またリアルヴィジョンで宇宙が見られるよ」

「いまのほうがきれいなくらいです」と、シスカが答える。「こちらのほうが見える範囲がひろいし。テイマー船長、M‐3には植民惑星がたくさんあるんですか？」

「ひとつもないよ」と、クサイエが答える。「M‐3には銀河系でもっとも古い星々が集まっている。M‐3は、銀河系がまだ球状の不安定なガスの塊りだった初期段階に成立した球状星団だ。古い星々の集まりであるために、M‐3には重い元素がほとんど存在しない。すでにアルコン人によって確認されているように、かつて高等生物が存在したことはない。移住に適した惑星はなく、そのかわりに多数のブラックホール、中性子星、白色矮星、密度も光度も非常に低い赤色巨星がある。また、変光星もたくさんある。

その大部分が、半日から十分という短時間のうちに明るさが変わる変光星だ」

「だからこそ、M‐3は調査する甲斐《かい》があると思うんですけど」と、シスカ。「どうして調査しなかったんでしょう」

クサイエは困ったような顔になった。

「それはきかないでくれ。注意せよ、通常空間にはいるぞ！」

次の瞬間、《マグ・メル》はハイパー空間をぬけだし、グリゴロフ層が消えて、入力されていた目標座標に到達した。主ポジトロニクスが大探知スクリーンをリアルヴィジョンに切りかえる。だが、どこかようすがおかしかった。通常空間のオリジナル映像が一瞬うつったとたんに消え、砂嵐しか見えなくなったのだ。

「あれを見ましたか？」シスカ・タオミンはあわてて司令室の乗員たちにいった。

「なにを見たかって？」テイマー・クサイエはいらいらしたようにききかえした。「ポジトロニクス、どうして画像が消えてしまったんだ？」

「構造震動によるフィールド障害です」と、ポジトロニクス。「三十秒で復旧します」

「あれは宇宙船でした」と、シスカはいった。「サウパン人の有翼艦だったといいたいところですが、有翼艦にはない、大きな膨らみが上についていました」

「わたしはなにも見なかったけど」女首席探知士ララ・ドネカイがいう。

「わたしもだ」と、クサイエ。

ほかの乗員たちからも、それに同調する声があがった。

「とにかく、ぼくは見たんです」と、シスカ。「非常に高速で動いていました。あれは遷移したにちがいありません。構造振動はそのせいだったんです」

「きみの知識はたいしたもんだ」と、クサイエ。「それで、どっちへ向かったんだね？」

「M－3に」と、シスカは答える。

クサイエは大声で笑いだした。

「それがなんだったにしても、M－3に向かったのなら問題ない。なにもない場所だから、人類はこれまでだれもそこへ足を踏みいれたことはないんだ。さ、十分で航行を再開するぞ」

シスカは無言で席につき、うなずいた。

シスカは思った。幻のような姿をほんの一瞬見ただけとはいえ、あの謎めいた構造物の光景は二度と忘れないだろう。クサイエ船長は思い違いをしている。M－3には、死んだ星や死にかけた星以外になにかがあるはずだ。

だが、かれは黙っていた。自分の意見にだれも耳をかたむけてくれないことがわかっていたから。自分のような子供が、アルコン人の星図カタログや天文ポジトロニクスのデータに逆らったところで、むだだとわかっていたから。

ポルレイターの基地

H・G・エーヴェルス

1

近距離コミュニケーターのスクリーン上にあらわれたカイパストゥルの姿は、サグス＝レトには最初ぼんやりとしか見えなかった。しだいに遷移のショックから回復してくると、自分だけでなくパートナーも痛みと感覚の麻痺に襲われていたことがわかってきた。

サウパン人たちも同じかどうかは、ダルゲーテン二名にはわからなかった。だがすくなくとも、サウパン人が遷移のこうした副作用を知っていることはたしかだった。その証拠に、カイパストゥルは、遷移が終わるとその都度、サグス＝レトとケルマ＝ジョが〝応答可能状態〟になるまでちゃんと待ってから話しかけてきた。

「目的地のすぐ近くまできている」カイパストゥルは、かれ特有の妙に憂鬱そうな口調でいう。「サグス＝レト、ポルレイターの潜伏場所が見えるか？」

「見えるとも、カイパストゥル」と、サグス＝レトが答える。

かれは視覚触角の一方を、前方の宇宙空間がうつしだされている外側観察スクリーンに向けた。

巨大球状星団の光景にサグス＝レトは圧倒されていた。それは、青色巨星クセラシュの第九惑星ダルゲータが属している球状星団ヴァルロールよりもずっと大きかった。

だが、そんなに違いはないはずだ。ヴァルロールが属しているトルラメーネは小銀河だとはいえ、いずれにせよ、ポルレイターの潜伏場所も巨大銀河のハロー部に位置する球状星団なのだから。

「ポルレイターのかくれ場への遷移を準備する」と、サウパン人が説明する。「すでに説明したように、ポルレイターのバリアを破ろうとこれまで何度も試みたが、いずれも失敗に終わっている。わたしの指示どおりに、きみたちの宇宙船をちゃんと調整しておいたか？」

もちろんサグス＝レトはちゃんとおぼえていた。過去十分の三年間に、サウパン人の有翼艦が何隻も、重力穴や重力渦やその他の人工的にひきおこされたと思われる現象によって難破したという。帰還できた宇宙船はほとんどなく、もどってきたものも深刻なダメージをうけていた。ただし、難破した宇宙船の乗員は、その大部分が搭載艇によって救出された。

カイパストゥルの説明によれば、ポルレイターのバリアは球状星団から退却する搭載艇には危害をくわえなかったらしい。そこを利用しようというのがかれの計画だった。この有翼艦も難破するだろうが、搭載艇はぶじにのこるはず。ポルレイターのバリアは、ダルゲーテンの宇宙船も最初は有翼艦の搭載艇とみなし、これにも危害をくわえないだろう。

この〝搭載艇〟がほかの艇のようにさっさと出ていこうとせず、球状星団の中枢部に向かってつきすすもうとしていることをバリアが察知したとたん、状況は変わるにちがいない。

そこで、カイパストゥルはダルゲーテン二名に要請したのだった。かれらの宇宙船がバリアの攻撃に耐えてぶじにぬけられるように、物質暗示能力によって改造しておいてもらいたいと。

サグス＝レトとケルマ＝ジョは力のおよぶかぎりのことをした。それで充分かどうかは不明だったが。球状星団内部で遭遇する危険がカイパストゥルの説明どおりかどうか、わからなかったからだ。

そのぶん、サグス＝レトの答えは慎重になった。

「できるかぎりのことはした」

「それで充分だといいんだが」と、サウパン人が答える。「とりきめておいたシグナルをこっちが送信したら、すぐにきみたちの宇宙船を切りはなせるよう、準備しておいてくれ」

「準備はできている」と、サグス＝レトがうけあう。

その直後、かれは有翼艦が加速しはじめたことに気づいた。有翼艦は球状星団の〝中枢部〟めざしてつきすすんでいる。千分の数日後には恒星凝集域に突入するのではと思われるほどの速さだ。だが、それは目の錯覚だった。球状星団の周縁宙域まで、まだ二百五十光年近くの距離がある。

だが、その距離も……さらに、球状星団内部までの、あとおよそ百光年をふくめても……遷移技術をもってすれば瞬時にこなすことができる。非物質化した有翼艦はハイパー次元性インパルスとなり、ハイパー空間を〝跳躍〟するのだ。

データ・スクリーンの表示が光速の九十五パーセントをこえたのを見て、サグス＝レトは思わず感覚器をひっこめた。つきあげるような痛みをおぼえたが、思いきってふたたび感覚器をのばそうとする。遷移ははじまったと思った瞬間にもう終わる、ということがわかっていたからだ。

目を刺すような、揺らめく強い光が見えた。合成警告ガスの、鼻をつくようなにおいがする。すさまじい音をたてて、信じられないような力が宇宙船を揺さぶっている。緊急事態を告げる赤ランプが点滅している。

サグス＝レトは、いっそ自動装置を作動させて柔軟シャーレの底を開き、その下の急速冷凍タンクに落ちてしまいたいと思ったが、その誘惑に必死に耐えた。いままさに体験している現象について、かれとケルマ＝ジョはカイパストゥルから事前に説明をうけていた。それはただちに墜落につながる現象ではない、だから、おちついてシグナルを待て、と。

近距離コミュニケーターと遠距離コミュニケーターから同時に、甲高《かんだか》い警告音が聞こえてきた。それがシグナルだった。

サグス＝レトは、自分たちの宇宙船を有翼艦の表面から切りはなすため、両者を固定していた拘束フィールドの解除センサーに感覚器で触れ、二名船を有翼艦から高速で上昇させた。

「助かった！」コミュニケーターから、ケルマ＝ジョの叫ぶ声が聞こえる。

「そうだな、上昇してる」と、サグス＝レトはすこし驚きながら答えた。重力漏斗《ろうと》のすさまじい力……かれはその力を重力漏斗だと特定していた……によって、宇宙船は旋回してしまうだろうと思っていたからだ。

サブ・スクリーンをちらりと見た。有翼艦の艦体に無数の亀裂がはしり、それがみるみるひろがっていくのを見て、ぞっとして縮みあがった。と同時に、複数のエアロック・ハッチから搭載艇が飛びだし、高速で四方へ散っていった。一機がもうすこしで《へロオン・ドゥルク》に衝突するところだった。

その直後、有翼艦が真っぷたつに割れた。その破片は、ぎらぎらと輝く重力縞模様《しま》にそって旋回しながら漏斗の注《そそ》ぎ口へと落ちていき、しだいに大渦巻きに巻きこまれて、ついには粉々になった……

＊

「四方に飛びさったけど、中枢部に向かったのはひとつもなかったぞ」難破した有翼艦の搭載艇について、ケルマ＝ジョがいう。「われわれ、本当に中枢部に向かうべきなのかな、サグス＝レト？」

中枢部方向へ十光年の超光速航行のプログラミングを終え、サグス＝レトは計器類とスクリーンを見つめていた。千分の一日後には、宇宙船は人工ブラックホールからハイパー空間に突入するだろう。

かれは信じられないといった顔でデータ・スクリーンを見つめた。そこには、いますれちがった白色矮星《わいせい》の中心核が完全に縮退物質となり、立体的構造をなしていると表示されていた。つまり、結晶化しているってことか。そんなことがありえるとは。

だが、かれはすぐにまた、球状星団中枢部の密集する星々に注意を奪われた。すさまじい光の洪水だった。短時間で明るさの変わる多くの変光星のせいで、中枢部全体が揺らめいているように見える。

そのなかに飛びこむのが恐くなった。それは、そこで自分たちを待ちうけているだろう危険のせいばかりではなかった。ポルレイターを発見できたとして、かれらがセト＝アポフィスから盗みだしたという秘密文書をちゃんととりもどせるのだろうか、と、突然不安になったのだ。

だが、次の瞬間、恐れたり心細く感じたりする理由はまったくないのだと気づいた。われらが超越知性体がいつもそばにいて導いてくれる。だから、経験不足を気にすることはない。

それと同時に、突然、サグス＝レトのなかに知識がおりてきた。ポルレイターのかくれ場に、セト＝アポフィスの敵があらわれた……と。敵は犯罪者集団ポルレイターと同盟を結んでいる。敵の機先を制さなければならない。

ダルゲーテンにとって、〝犯罪者〟とか〝犯罪〟とかいう概念は、ほかの知性体に物質的・肉体的な損害をあたえかねない構成員をかかえている種族も宇宙には存在する、ということを表現するたんなる理論にすぎない。だが、かれは心の底から信頼する超越知性体の言葉をあれこれ詮索したりせず、そのまま素直にうけいれた。

ほっとして、からだの力をぬいた。宇宙船は人工ブラックホールからハイパー空間にはいりこみ、ふたたび通常空間にもどるポジションをめざして超光速で進んだ。サグス

＝レトは、ケルマ＝ジョの問いに答えようとはしなかった。パートナーにも自分と同じ知識が伝送されていて、かれも答えを知っているのだとわかっていたから。

＊

サグス＝レトとケルマ＝ジョは、通常空間にもどるとすぐ、おかしいと気づいた。超光速プログラミング終了後にはるか左舷方向に見えるはずだった小型の黄色恒星が、船首のすぐ前に迫っていたのだ。恒星全体を見わたすこともできないほどの至近距離だった。

「ポルレイターのあらたな罠だ！」ケルマ＝ジョが声を震わせて叫んだ。「宇宙船が燃えつきてしまう！」

不安のあまり、サグス＝レトは硬直してしまった。おそらく、ポルレイターのあらたなバリアのハイパーエネルギー・フィールドによって、ハイパー空間内のコースが変化させられ、こんなところで通常空間にもどることになってしまったのだ。

だがそのとき、気づいた。まだ恒星大気にはいってはいないのだから、物質暗示能力で調整した機器の助けを借りれば、強力な重力の影響から逃れられるかもしれない。

かれは接触感覚器でコンソールの複数のセンサー・ポイントに触れた。吸引ビームと重力フィールド・プロジェクターが同時に、しかも従来の最高性能の二倍の強さで作動したため、宇宙船が震動した。

宇宙船のななめ上に、強力な重力中心が形成される。その強い重力が恒星の重力の影響を相殺《そうさい》し、宇宙船は恒星からはなれてそちらへひきよせられた。重力中心が必要とする莫大なエネルギーは、エネルギー・タンクからまかなわれる。そのタンクには、重力フィールド・プロジェクターがとりこんだ恒星のハイパーエネルギーが供給されている。つまり、この場合のエネルギー源は、ダルゲーテン船をのみこもうとしている恒星自身のハイパーエネルギーなのだ。

重力フィールド・プロジェクターが重力中心を形成するのに必要とするぶんをこえる余剰ハイパーエネルギーを、吸引ビームが吸いとったことをデータ・スクリーンの表示で確認すると、サグス＝レトは防御バリアのスイッチをいれた。

間一髪だった。宇宙船は恒星表面からははなれたものの、重力中心にひきよせられたさいに巨大なプロミネンスの燃えさかるガスの炎に突入したのだ。防御バリアがなかったら、一瞬で燃えつきてしまうところだった。

宇宙船内にけたたましい音が響いた。宇宙船がプロミネンスのなかに突入したため、防御バリア・プロジェクターがその熱に耐えきれず悲鳴をあげたのだ。スクリーンが自動的に減光したにもかかわらず、サグス＝レトは目を閉じた。防御バリアが炎をあげて膨張し、耐えがたいほどのどぎつい光をはなったからだ。

次の瞬間、防御バリアが崩壊した。同時に、またも、緊急時に無数の微細なノズルから噴射される合成ガスのにおいがした。

だが、それはプロミネンスに対する警告ではなかった。宇宙船はすでにプロミネンスからは脱出している。サグス＝レトは消えたデータ・スクリーンを見つめたまま硬直した。そこにはなにも表示されていなかった。

背中の上のトリプリードたちがパニックを起こして身をよせあっているのを感じ、かれは恐怖を振りはらった。気力を振りしぼって、制御プログラムを作動させるセンサーに触れる。

すると、いくつかのデータ・スクリーンに数字とマークが表示された。それを見てあらためて恐怖が湧きあがってくる。恐怖をおさえ、さらにセンサーに触れつづける。

「どうしたんだ？」ケルマ＝ジョが悲痛な声でたずねる。

「恒星からは脱出した」と、サグス＝レト。「だが、われわれが調整したために吸引ビームが余剰エネルギーを吸いあげたせいで、すぐには消費しきれないほどの量のハイパーエネルギーがエネルギー・タンクに送られた。それでタンクの一部が燃えつきてしまったんだ。ブラックホールをつくれるだけのエネルギーを、重力フィールド・プロジェクターに送ることができなくなってしまった」

「それって、もう超光速航行できないってことじゃないか」ケルマ＝ジョがぞっとした顔でいう。「二度とこの球状星団から出られないぞ」

「そういうことだ」サグス＝レトはケルマ＝ジョよりもおちついていた。自動修復装置の助けを借りてデータ・スクリーンの復旧に成功していたので、状況がそこまで絶望的でもないことを確認していたのだ。「だが、この黄色恒星には惑星が三つある」

「知らない惑星でどうしようというんだ」と、ケルマ＝ジョ。

次の瞬間、ふたりとも気づいた。中枢部付近の惑星なら、場合によってはポルレイター の手がかりがかくされているかもしれない。もちろんそれは、洗脳コンタクトを再開したセト＝アポフィスがかれらに吹きこんだ考えだったのだが。

突然、宇宙船がはげしく揺れた。

サグス＝レトは、データ・スクリーンにあらたなデータが表示されていることに気づいた。

「三つの惑星のどれかに着陸しないと」と、かれはパートナーにいった。「重力フィールド・プロジェクターの出力が不安定になっている。酷使しすぎたために障害が起きたんだろう。完全停止してしまうかもしれない」

「じゃ、ヌグウン・ケールにはいったほうがいい。宇宙船が墜落したときのことを考えないと」と、ケルマ＝ジョが答える。

「もうすこしだけ待ってくれ」と、サグス＝レト。「生存に適した条件をそなえているのは三つの惑星のうちのどれか、調べてみる。第一惑星と第三惑星には大気さえない。第二惑星はかなりちいさいし、大気は希薄で冷たいが、そこならヌグウン・ケールなしでも、短時間で船内にもどれば、もちこたえられるかもしれない」

「じゃ、第二惑星に向かおう」と、ケルマ＝ジョ。

「自動操縦装置を着陸進入コースにプログラミングする」と、サグス＝レトは答える。

「それが終わったら、ヌグウン・ケールにはいろう」

2

ダルゲーテン二名がヌグウン・ケールにはいってコクピットにもどってきたときには、黄色恒星の第二惑星はすでに、探知機で処理しなくても、前方の外側観察スクリーンにはっきりとうつしだされていた。

サグス＝レトは、ヌグウン・ケールの、先端に鉤爪のような把握装置がついているアーム二本を動かし、それがちゃんと機能することを確認した。

ヌグウン・ケール使用者の暗示インパルスによる命令は、変換装置を経由してポジトロニクス用の通常エネルギー制御インパルスに変換され、全機能を制御する小型ポジトロニクスに送られる。

ヌグウン・ケールのなかにいても、外側についているセンサーによって、船内のスクリーンやその他の計器類を見ることができる。現在のところ、重力フィールド・プロジェクターは安定して作動していた。重力フィールド・プロジェクターが前方に形成した重力場によって、宇宙船は宇宙空間を自由落下している。

われわれは第二惑星にいったいなにをしにいくんだろう、と、サグス＝レトは不思議に思った。セト＝アポフィスがふたたび洗脳コンタクトを切っていたので、工作員二名は超越知性体の直接的な影響からはなれていたのだ。だが、そこに着陸するという決断自体には、疑問を感じなかった。

考えこんでいるひまはなかった。あと千分の二日もすれば、宇宙船は惑星大気圏に突入する。さらに注意深く、計器類を見守る。

自動操縦装置が切れると、サグス＝レトは逆三角形のマークがついているセンサーに把握手の片方で触れ、着陸作業を開始した。それ以上の行動は必要なかった。その他の操作はすべて、宇宙船のポジトロニクスによっておこなわれる。

墜落に対する無意識的な恐怖から、降下速度が速すぎるように感じられる。そこで、サグス＝レトは〝低〟を意味するマーク……先端が左を向いた三角形……のついたセンサーに触れた。

かれがセンサーから把握手をはなさないので、データ・スクリーン上の、降下速度をあらわす数字はどんどんちいさくなっていく。

次の瞬間、船内がはげしく揺れた。宇宙船は最初がくんと左へ回転し、次に右へ回転した。それから、船首を下にして急降下した。

「墜落するぞ！」ケルマ＝ジョがパニックを起こしていう。

自分でも驚いたことに、サグス＝レトはおちついていた。データ・スクリーンを見て重力フィールド・プロジェクターがとまったことがわかったため、修復スイッチをいれ、宇宙船表面と大気分子との摩擦を避けるため、防御バリアを作動させる。

それからトリプリードたちに、まだ開いていた後部ハッチからヌグウン・ケールにはいってこいと暗示インパルスで命令し、パートナーにも、かれのトリプリードに同じ指示を出すよう要請する。

心配しながら外側観察スクリーンを見つめた。防御バリアの向こうで、イオン化した大気分子が炎のカーテンのように揺らめいているのが見える。落下速度がもうあと千分の数日間このまま上昇しつづけたら、衝突する大気分子の衝撃で防御バリアは変形し、崩壊してしまうだろう。そうなったら宇宙船とその乗員になにが起きるかは、想像にかたくない。

それだけに、船内があらたにはげしく揺れはじめ、重力フィールド・プロジェクターがふたたび……不安定ではあったが……作動しはじめたのだとわかったときには、安堵のため息が呼吸孔からもれた。

重力フィールド・プロジェクターが動きはじめたことは、その後すぐにデータ・スクリーン上に表示されたが、同時に、宇宙船後方に生じた重力場が微弱すぎるために軟着陸は期待できないこともわかった。宇宙船は惑星表面にはげしく衝突し、粉々になってしまうだろう。ヌグウン・ケール内にはいっていても、生きのびることはできないかもしれない。

一瞬、宇宙船からの脱出を検討したが、あきらめた。ヌグウン・ケールの推進力では、落下速度を大幅に緩和して惑星への衝突を回避することは不可能だ。

そこで、ヌグウン・ケールの後部ハッチを閉じると、パートナーにいった。

「〝名状しがたき力〟がその無限の英知でわれわれの死に意味をあたえてくれるだろう、ケルマ＝ジョ」

「わたしもそう思う、サグス＝レト」と、ケルマ＝ジョ。「急速冷凍タンクにはいったほうがいいんじゃないか？」

サグス＝レトも同じことを考えた。だが、その瞬間、重力フィールド・プロジェクターの出力がいきなり上昇し、それとほぼ同程度に落下速度が低下した。そこで、

「きっと切りぬけられる」と、答える。

だが、期待どおりにはいかなかった。重力フィールド・プロジェクターによってつくりだされた重力場では、落下速度の一部しか相殺できなかったのだ。

宇宙船は未知惑星の表面にはげしく衝突し、ダルゲーテン二名は一時的に意識を失った。

意識をとりもどしたとき、かれらはコクピットが宇宙船本体から飛びだしていること

に気づいた。墜落のさいの衝撃で脱出装置が作動したにちがいない。

命が助かったことをよろこぶひまもなく、ヌグウン・ケールの高感度センサーの警報で、宇宙船のハイパーエネルギー・タンクの崩壊が迫っていることが判明した。エネルギー・タンクが崩壊すれば、貯蔵されていたハイパーエネルギーがいっきに放出されるだろう。そうなれば、周辺の数百長単位にわたって潰滅的な影響が出る。

かれらは即座にヌグウン・ケールの飛翔装置を作動させ、柔軟シャーレからうしろ向きに脱出すると、宇宙船が惑星に衝突したさいに地面をつきやぶってもぐりこんだ大きな洞窟の先へ向かった。

二百長単位ほど洞窟を進んだとき、ヌグウン・ケールのセンサーがはげしい閃光をとらえた。その直後、轟音《ごうおん》とともに洞窟が崩れおちてきた。

＊

あたりがしずかになったとき、サグス＝レトはヌグウン・ケールのアームで周囲を手探りし、同時にその他の機能も使えるかどうかチェックした。

「大丈夫か？」近距離コミュニケーターからパートナーの声がする。

「けがはない。ヌグウン・ケールの機能にも損傷はない」と、サグス＝レト。「きみはどうだ？」

「こっちも大丈夫だ」と、ケルマ＝ジョ。「われわれがはいりこんだのは、自然の地下洞窟にちがいない」

「たぶん、地下は洞窟だらけで、この惑星の地面はスポンジみたいに多孔性なんだ」と、サグス＝レト。「そうじゃなければ、墜落して助かるはずがない。すこし穴を掘ったらべつの洞窟に出て、それを通って宇宙船にたどりつけるはずだ」

「宇宙船がちゃんとのこっているかな。あんな大爆発を起こしたんだぞ」と、ケルマ＝ジョが反論する。

「とにかく、なにか救えるものがないか、たしかめてみなきゃ」と、サグス＝レト。

かれは瓦礫《がれき》をかき分けて脱出すると、ケルマ＝ジョを手助けした。それから、宇宙船……もしくはその残骸……への帰り道を探した。

途中、トリプリードたちがなにかを訴えはじめた。かれらにとって、ヌグウン・ケールのなかは居心地がよくないようだった。センサーの表示から、この惑星の大気はダルゲータとくらべてかなり酸素量はすくないものの、呼吸できることがわかったので、かれらはトリプリードたちを外にはなし、あたりを探らせることにした。

ヌグウン・ケールの後部ハッチを開くと、冷たい風が流れこんできた。ダルゲーテンたちは凍えそうになり、すぐにまたハッチを閉じた。いずれ、この惑星の大気を呼吸しなければならなくなることはわかっていたのだが。高性能の再生装置が搭載されているとはいえ、ヌグウン・ケールの圧縮タンク内の酸素量はどんどん減っていくだろう。

六四のトリプリードたちは、ヌグウン・ケールの投光器に照らされながら、石灰岩でできた洞窟の地面を、妙に大股の、ほとんど跳びはねるような奇妙な足どりで進んでいく。サグス＝レトとケルマ＝ジョは、それを見てようやく、この惑星の重力がダルゲータの五十一パーセントほどだということに気づいた。ヌグウン・ケールの反重力装置がその差を自動的に調整していたので、それまで気づかなかったのだ。

かれらはためしに飛翔装置のスイッチを切り、ヌグウン・ケール下部にとりつけられた六対の弾力性のあるプラスティック板……ダルゲーテンの這い足に相当する装置……だけを使って前進しようとした。

その結果にかれらは仰天した。プラスティック板をいっせいにひろげたところ、ヌグウン・ケールが前だけではなく上へも移動したからだ。ダルゲーテンにとって、跳びはねるのはまったくはじめての体験だった。だが、かれらはこの移動方法をあきらめず、注意深い操縦によって重力のちいささに動きをあわせようとした。しばらくするとうまく操縦できるようになり、足どりもだんだんしっかりしてきた。

墜落場所に近づき、投光器で照らしてみると、宇宙船が爆発によってほとんど破壊されてしまっていることがわかった。

宇宙船の後方に、それも上から、比較的大きな岩が崩落したにちがいない。だから、爆発の衝撃が上にはひろがらなかったのだ。そのため、巨大な宇宙船は爆風で崩れた洞窟の天井に押しつぶされ、原形をとどめない金属と樹脂の塊りと化していた。洞窟の地面に転がっているコクピットはさらに損傷がはげしく、一部は石灰岩の地面にめりこんでいる。

「助けを呼ぼうにも、もう遠距離コミュニケーターさえなくなった」ケルマ＝ジョが力なくいう。

「だけど、この惑星には遠距離コミュニケーターの技術を持った知性体がいるかもしれない」と、サグス＝レト。「接触しなければ。知性体が存在するとしての話だが」

「しかも、上に出る道が見つかれば、の話だ」と、ケルマ＝ジョ。「このあたりには見あたらない。墜落したさいにあけた穴は、宇宙船の残骸でふさがれているし」

「もうすこし遠くまで探してみよう」と、サグス＝レト。「どこかに、上に通じる穴があるはずだ」

かれらはひきかえし、枝分かれした道を探した。だが、見つかった道はすべて行きどまりだった。そこで、しだいに地下深くへとおりていく、洞窟の本筋をたどっていく以外に進む道はなくなってしまった。

しばらくすると、トリプリードたちがもどってきた。数万年前から使われてきた、身振りと鳴き声による原始的言語で、かれらは主人たちに、ちいさな白い爬虫類以外は特別なものはなにも見つからなかったと報告した。

捕まえてきた爬虫類を、かれらは主人たちの目の前でひきさき、食べてしまった。それを見て、ダルゲーテン二名は気分が悪くなった。だが、聡明なかれらは、結局はトリプリードたちにこの野蛮な食事法を認めてやるほかはない、と、納得した。トリプリードの餌《えさ》は宇宙船とともにすべてだめになってしまったのだから。

3

「縦穴だ」ケルマ＝ジョはそういうと、ヌグウン・ケールについているセンサーがその縦穴をもっとよく〝見る〟ことができるように、上からさしこんでくる弱い光のほうへ〝機首〟を向けた。

「その縦穴から上へ行けるかな」すこし先で、ひろいわき道にはいっていたサグス＝レトがたずねる。壁の材質を調べようとして、ゾンデをくりだしていたところだった。

「だめだ、とても無理だ」と、ケルマ＝ジョ。「われわれにはせますぎる」

サグス＝レトは聞き耳をたてた。ケルマ＝ジョが〝われわれには〟という部分を妙に強調したような気がしたのだ。

「なにを考えてるんだ？」かれはたずねた。

「トリプリードなら通れるってことだ」と、ケルマ＝ジョが答える。「知性体を発見してもどってきたら、もう一度われわれの装備の一部を持たせて縦穴をのぼらせ、それを惑星の住人にとどけさせる」

「わかったぞ」と、サグス＝レト。「それを見た惑星の住人は、知性体が地下洞窟網に閉じこめられていることを理解するというわけだ」

「もちろん」と、ケルマ＝ジョが答える。「住人は地下洞窟網の出口をすべて知っているにちがいないから、外へ出るにはどっちへ行けばいいかをわれわれに教えてくれるだろう。墜落しているあいだに、なにか都市のようなものを見なかったか？」

「そのあいだはずっと、炎をあげる防御バリアしかスクリーンにはうつっていなかった」と、サグス＝レト。「ただ、大気圏突入直前に、惑星表面が見えた。規則正しいかたちをした、くっきりした模様のようなものがいくつか見えた。あれは都市だったかもしれない。確信は持てないが。とにかく、ためしてみることには賛成だ」

「よし、わたしのトリプリードを行かせよう」と、ケルマ＝ジョがいう。

ケルマ＝ジョに暗示命令で呼ばれ、トロン、ファルン、レスは主人のヌグウン・ケールの背面によじのぼった。ケルマ＝ジョが飛翔装置のスイッチをいれると、ヌグウン・ケールは洞窟の天井に開いた縦穴のすぐ下にまで浮上した。トリプリード三匹は両腕をのばし、力強い手で縦穴の壁の凹凸《おうとつ》にとりつき、鉤爪のついた細長い脚をひっかけてよじのぼった。千分の一日後には、三匹は縦穴のなかへ消えていた。

サグス＝レトはわき道の調査をつづけた。かれは、ケルマ＝ジョのトリプリードたちがすぐに知性体を発見するとは思っていなかった。この惑星に知性体がいるとしても、その居住地は宇宙船の墜落場所から遠くはなれているだろう。そうでなければ、かれらが墜落に気づかないはずがない。とうの昔に、空からなにが降ってきたのか調べにきているはずだ。

それがもしもポルレイターだとしたら？

この惑星にポルレイターがいるかもしれないと考えると、内臓がひきつるような気がした。だがすぐに、たまたま漂着した惑星に敵がかくれているなんてことはほとんどありえない、と、自分にいいきかせる。すると気が楽になった。

敵？　どうして〝敵〟という言葉が思いうかんだのだろう、と、ほんの一瞬思ったものの、かれはそのままわき道の調査をつづけた。

ゾンデによって、わき道の壁が石灰岩でできていることがわかった。表面の構造から、このわき道が大量の水の噴出によってできたものだと判明する。その水はどこへ行ってしまったのだろう。この地下空間は謎だらけだ。ダルゲータにも洞窟はあるはずだが、ダルゲーテンは好きこのんではいったりしない。

自分のトリプリードたちがわき道の奥から飛びだしてきたのを見て、サグス＝レトはびくりとした。かれらは明らかに保護をもとめている。クルート、ホルク、リースの三匹がやってきたほうへ、投光器を向けてみる。

なにも怪しいものは見えないが、と思った瞬間、ほんの数長単位しかはなれていないわき道の天井に、大きな淡褐色のクモが音もなくはりついているのに気づいた。大きいとはいっても、ダルゲータに生息しているクモと比較しての話だ。体長はサグス＝レトの三分の一しかない。だが、すくなくともトリプリードよりはかなり大きいから、かれらが恐がるのも不思議ではない。

突然、クモが動きだし、サグス＝レトの真上にやってきたかと思うと、強靭《きょうじん》な糸を伝ってすばやく地面におり、大顎でホルクに嚙みつこうとした。

サグス＝レトはとっさにヌグウン・ケールのアームを振りあげ、ホルクをかばった。クモは一瞬ひるんだが、大顎でアームの先を攻撃しようとした。だが、なめらかなメタルプラスティックでできたそれには歯がたたない。クモは飛びすさると、からだを震わせ、逃げだした。

サグス＝レトは、とりあえず自分からはなれるなとトリプリードたちに暗示命令をあたえると、パートナーに事件を報告しにいった。

「この地下にそんな大きな生物がいるなんて知らなかった」と、ケルマ＝ジョがいう。「洞窟網についてクラアニュード人から聞いた情報では、ちいさな生物しか生息できないはずなんだが」

「じゃ、あの大グモはたぶん例外なんだろう」と、サグス＝レト。「きみのトリプリードたちが帰ってくるまで、こっちはわき道をもうすこし探検してみる」

サグス＝レトはトリプリードたちにヌグウン・ケールにはいるように命じて後部ハッチを開け、かれらを乗せるとふたたび閉じた。飛翔装置を作動させ、ゆっくりとわき道にはいっていく。

すぐに、白いクモの糸でできた大きな繭《まゆ》が、わき道の天井からいくつもぶらさがっていることに気づいた。どの繭も、あの大グモがはいれるくらいの大きさだ。すくなくとも、二長単位の長さがある。サグス＝レトは、繭には大グモの卵がはいっているのだろうと思った。

注意深くアームをのばし、繭のひとつに触れてみる。するとたちまち、暗い岩の割れ目から大グモが飛びだしてきて、繭をかばうようにぶらさがった。

大グモはなにを食べて生きているんだろう、と、サグス＝レトは不思議に思ったが、その答えはすぐに見つかった。カーブの先に、道幅がひろがってちいさなホールのようになっている場所があった。そこで投光器が照らしだしたのは、ホールのはしからはしまではりわたされた、巨大な車輪のようなクモの巣だった。羽の生えた大きな昆虫の干からびた死骸がいくつも、クモの糸でぐるぐる巻きにされてひっかかっている。

さらに興味をひいたのは、クモの巣の下に転がっているものだった。干からびたキチン質の骨格、ちいさな爬虫類の骨。一長単位以上の長さのある骨もあった。直立歩行していたと思われる生物の、ほとんど完全な骨格もある。それは、サル型生物と恐竜型生物の交配種のように見えた。

サグス＝レトは長いあいだその骨格を見つめていた。身長は一・五長単位くらいだったろうか。だが、かれにとって大きさよりもずっと重要だと思われたのは、その脊柱《せきちゅう》だ。軟体動物の末裔《まつえい》であるダルゲーテンにとって、それはいつ見ても魅力的な眺めだった。びっしりと連なった椎骨《ついこつ》には、S字カーブがはっきりと見てとれた。このような脊柱は、直立歩行するサル型、恐竜型、ネコ型、クマ型生物に特徴的な形状だ。四十四友好諸種族に知られているかぎりでは、動物と一線を画する高度な知性を持たない直立歩行生物は存在しない。

だから、それは知性体の骨格にちがいなかった。にもかかわらず、衣服や装備などの遺品は見あたらない。知性体ならふつう、すくなくとも技術的な道具類や、ときには武器なども携行しているものだが。ダルゲーテンは唯一の例外だ。からだに密着する衣類は深刻な皮膚障害をひきおこすし、武器を持ったこともない。そういうことはトリプリードがかわりにやってきたからだ。

そこで、サグス＝レトは、この生物は知性体ではあっても、まだ文明化しておらず、鱗《うろこ》か毛皮で寒さをしのいでいたのだろうと結論づけた。それなら鱗や毛皮の残骸が骨格といっしょに見つかってもよさそうなものだったから、この結論も完全に納得できるものではなかったが、それにかわる案は考えつかなかった。

一瞬、ヌグウン・ケールごとぶつかってこのクモの巣を破壊してしまおうかと思ったが、そんなことをしても無意味だと思いなおした。大グモはすぐに巣をはりなおすだろう。大グモを殺すという選択肢は、サグス＝レトにはなかった。

かれはひきかえすことにした。ホールから先は三本の道に分かれていたが、どれもせますぎてはいれなかったからだ。

＊

「文明の証拠は見つからなかった」もどってきたサグス＝レトにケルマ＝ジョがいった。トロン、ファルン、レスは、ケルマ＝ジョのヌグウン・ケールの背面にうずくまっている。

「残念だ」サグス＝レトは答える。「惑星表面のべつの地域には文明が存在するかもしれないが。とりあえず、この洞窟を先に進むしかないな」

かれは自分のトリプリードたちを外へ出し、ヌグウン・ケールを這い足モードにしてケルマ＝ジョとともに洞窟の奥をめざした。

しばらく進むと、洞窟の壁に変化があらわれた。石灰岩であることに変わりはなかったが、だんだんもろくなり、ひび割れが多くなってきたのだ。天井から細長いかたちをした奇妙な石が地面に向かってつきだし、その先端から水滴が滴《したた》りおちてくる。相対するように、これと同じような石が地面から天井に向かってものびている。

サグス＝レトとケルマ＝ジョは石筍《せきじゅん》を知らなかったので、この奇妙な石の集まりを〝成長する石〟と呼んだ。たびたび行く手を阻《はば》まれ、ヌグウン・ケールの重みで押しつぶしながら進まなければならず、かれらにとって石筍はじゃま者でしかなかった。

〝成長する石〟よりさらに厄介なのが、そこから滴りおちてくる水だった。というのも、ヌグウン・ケールの背面がしだいにかたい皮膜で白くおおわれてきたからだ。ゾンデで分析したところ、白い皮膜の正体は石灰だとわかった。

もうしばらく進むと、周囲のようすがふたたび変わった。天井から垂れさがっている石筍のあいだに、燐光《りんこう》をはなつ植物が無数に生えていた。地衣類の一種なのだろうが、発光すること以外にも、かれらの知っている地衣類とは異なる特徴がありそうだった。茎の先端が釣り鐘のようなかたちをしていて、光に誘われてやってきた昆虫がそこに捕まっている。

遭遇する生物の種類が驚くほど増えてきた。トリプリードくらいの大きさのコウモリが、天井の石筍のあいだを縫って音もなく飛んでいる。光る地衣類に誘われてやってきた昆虫を追っているのだ。コウモリのほうも地衣類の役にたっている。釣り鐘の罠に誘いこまれるどころか、それを食べてしまう黒い大きな甲虫を、捕食することで。

そのコウモリを捕食するのが、地面の石筍のあいだにかくれている白い大蛇だ。大蛇は、コウモリが甲虫を食べようとして天井にとまる一瞬を狙って、一・五長単位の高さにまで鎌首をもたげ、毒液を噴きかける。毒液が命中するとコウモリは麻痺してしまい、天井から落下する。

最初、トリプリードたちは大蛇の頸筋に嚙みついて殺すのをおもしろがっていたが、サグス＝レトとケルマ＝ジョはこの無意味な殺戮をやめさせた。

それから、かれらは川に行きあたった。

ずいぶん前から水の音が聞こえていたから、地下を流れている川があることは想定ずみだった。だが、いざ岸辺に立って階段状の岩を流れくだる奔流を見ると、かれらはその光景に圧倒された。ダルゲータにはゆるやかな川しかなかったし、滝も潮の干満もなかったから、はげしい波というものを見たことがなかったのだ。

ほとんど信じられないことに、この荒れ狂う水のなかに無数の魚がいた。それどころか、魚たちは流れに逆らって泳ぐことまでできた。こんなにたくさんの魚がなにを食べて生きているのか不思議だったが、水のサンプルを採って分析した結果、この川にはカニに似た微小な生物が無数に生息していることがわかった。

だが、食物連鎖の最上位を占めているのは魚ではなかった。

まずサグス＝レトが、明るいグレイの毛におおわれた巨大なクマ型生物を見つけた。体長およそ四長単位、体高三長単位のその生物は、洞窟の壁の割れ目から川の向こう岸にあらわれた。斜面を滑りおりて岸辺までやってくると、前脚で器用に魚をすくいあげ、むしゃむしゃと食べた。

ダルゲーテン二名が動くと、クマ型生物は立ちあがり、かれらのほうを向いて鼻をくんくんさせたが、すぐにうなり声をあげて岩の割れ目へと逃げこんだ。

「見たか？」と、ケルマ＝ジョがいう。「あいつ、目がなかった」

「地下世界では必要ないからな」と、サグス＝レト。

「だけど、クマ型生物は、ときどきここにあらわれるとしても洞窟に住んでいるわけじゃないだろう」と、ケルマ＝ジョがいう。「かれらは恒星の暖かい光が好きだ。迷路のような洞窟に完全にひっこんで暮らすはずがない」

「もしかしたら、何千年も前にこの惑星でなにかが起きたために、かれらの祖先は惑星表面からここへ逃げてきたのかもしれない」と、サグス＝レト。「これまで多くの惑星で大惨事が起きた。たとえば、隕石の衝突とか。巨大隕石の衝突は、およそ三万六千年前にダルゲータでも起きている」

「でも、われわれの祖先はそのとき洞窟に逃げこんだりしなかった」と、ケルマ＝ジョ。

「生きのびたダルゲーテンは、環境が生存に適した状態にもどるまで、地上でもちこたえた」

「環境が二度と完全には回復せず、昆虫以外の動物の生存がほとんど不可能になってしまう大惨事というのもあるんだ」と、サグス＝レトがいう。

「知性体によってひきおこされる大惨事のことをいっているのか？」と、パートナーがたずねる。

「惑星表面を放射能の砂漠に変えてしまう地獄のことだ」と、サグス＝レトは説明する。その瞬間、あらたな洗脳コンタクトを通じてセト＝アポフィスが言葉を吹きこんできた。かれはそのとおりにつづけて、「この惑星はポルレイターに襲われた。地下深くに逃げられた動物や知性体だけが生きのびたんだ。かれらは、地上にもどった生物はみんな死んでしまうことを経験によって知ったはず。だから地下にのこり、洞窟の生活に順応したんだ」

「そのときに知性体も逃れて、地下生活に順応したと？」

サグス＝レトは、わき道で発見した直立歩行生物の骨格を思いだした。

「それは充分ありえるな」身震いしながら答える。「地下生活を送るうちに、原始状態に退行してしまったのかもしれない。あるいは、放射能汚染された地上に短期間もどったとすれば、突然変異を起こしたかも」

「その恐ろしい事態をひきおこした張本人がポルレイターか」ケルマ＝ジョがぞっとした面持ちでいう。「犯罪行為というのがどんなものか、やっとわかった」

「ポルレイターは犯罪者だ」サグス＝レトもぞっとしながらいう。「そして、テラナーも犯罪者だ。ポルレイターの同盟者なのだから」

この〝テラナー〟という言葉は、まさにその瞬間に追加情報としてセト＝アポフィスがかれらに吹きこんだのだった。

「ポルレイターとテラナーはわれわれの敵だ」ケルマ＝ジョは信念をもって宣言した。セト＝アポフィスに〝吹きこまれた〟情報が嘘かもしれないなどとは、思ってもみなかった。かれもサグス＝レトも、嘘とはどんなものなのかさえ、まったく知らなかったのだから。

4

サグス＝レトとケルマ＝ジョは、ヌグウン・ケールで水面すれすれを浮遊して急流をわたった。向こう岸で、これまでたどってきた洞窟の本道のつづきを探す。

地下洞窟網というものについて充分に知っていたら、かれらは、川の源流を探して上流へ向かうという選択をしただろう。結局のところ、水が地下の泉から湧きだしているはずはなく、水源はすり鉢状のカルスト窪地かカルスト湖にちがいなかった。どちらにしても、その地域の降水量が非常に多いことが前提条件となる。

こうした事実について充分に知っていたら、地下の川が地表に流れでる地点、つまりカルスト泉を探して下流へ向かうという選択ももちろんできたはずだった。

のちに真相を知ったあかつきには、かれらは自分たちの選択を〝名状しがたき力〟の運命的な影響に帰することになるだろう。ダルゲーテンの哲学者たちが考えるところによれば、〝名状しがたき力〟とは一種のスーパー物質暗示者である。電子の力を借りて宇宙のあらゆる物質を支配し、情報をどんどん蓄積してついには全知の存在となるという、自身の目的にしたがわせるのだという。

百分の一日後、壁に巨大な穴があいている個所が見つかった。飛行モードでなかにはいってみると、そこは幅二十長単位、高さ十二長単位ほどの洞窟で、そこから無数の細いわき道がのびていた。以前はこの洞窟にも水が流れていたにちがいない。岩屑でおおわれているところはべつだが、それ以外の地面が粘土質であるところからそれとわかる。粘土はいまではすっかり乾燥し、石のようにかたくなっている。

そして、その粘土のなかに……

「見えるか?」ケルマ＝ジョが興奮ぎみにヌグウン・ケールのアームで粘土質の地面をさししめした。

その方向にセンサーを向けたとき、サグス＝レトもはげしい興奮をおぼえた。

「サル型生物の足跡だ! しかもこんなにたくさん!」

そこには、化石化した無数の足跡がびっしりと連なっていた。指紋までのこっているほどくっきりとしたその足跡からは、それをのこした生物が全員同じ方向へ歩いていったこと、かれらが靴を履いていなかったことが見てとれた。

つまり、このサル型生物は直立歩行はしていたものの、おそらくは文明化されていなかったと思われる。

「大惨事を逃れてこの地下世界に避難したサル型生物の子孫にちがいない」と、ケルマ

＝ジョがいう。

「しかも、ここでもなにかから逃げていたみたいだ」と、サグス＝レト。「最初の大惨事につづいて第二の大惨事が起きたとか？」

「真相が明らかになることはけっしてないだろう」と、ケルマ＝ジョ。「このサル型生物は絶滅してしまったらしい。でなければ、いままでに見かけているはずだ」

「わたしはもう見たよ」サグス＝レトは、大グモの巣の下で完全な骨格を発見したことを話した。

「でも、サル型生物と、たとえばクマ型生物の交配は、遺伝子コードが違うから不可能だろう」と、ケルマ＝ジョが反論する。

「それはたしかにそうだが」と、サグス＝レト。「同じ世界で進化してきたサル型生物とクマ型生物が似ていることも事実だ。これは、ある惑星の全生物の遺伝情報に使われている〝言語〟が同一のものだということを意味する。だから、たとえば強い中性子線にさらされたことによってサル型生物の遺伝子コードが変化したとすれば、純粋なサル型生物の特徴のほかにクマ型生物やその他の近縁生物の特徴をも持つ突然変異があらわれることだってあるかもしれない」

「そうだな。そんな話を聞いたことがあるのを思いだしたよ」と、ケルマ＝ジョ。「それにしても、かつては高度な文明を築いていた種に、恐ろしい運命が降りかかったもの

「その文明を破壊したのはポルレイターだ」と、サグス＝レト。「もしかしたら、犯罪行為の目撃者をじゃまに思って絶滅させたのかもしれない。ポルレイターが、生物のいなくなったこの惑星にひそんでいることもありえる。あるいは、セト＝アポフィスから盗んだ秘密文書やその他の秘密をここにかくしたのかも」

「それなら、早く地上への道を見つけて捜索を開始できるように急がないと」と、ケルマ＝ジョ。「飛翔装置のスイッチを常時オンにしておけば……」

「そんなことをしたら、ヌグウン・ケールのマイクロ反応炉のトリチウムがすぐになくなってしまう」サグス＝レトは反論したが、「だけど、そんなことはどうでもいい」と、すぐにつけくわえた。セト＝アポフィスがかれらにあらたな考えを吹きこんだのだ。「いざとなれば、ヌグウン・ケールがなくても行動できるんだから。なんといっても、物質暗示能力がわれわれの最強の武器なんだ」

＊

地下河川からはすでに遠くはなれていたので、水音は外側マイクからかすかに聞こえてくるだけになっていた。地面のいたるところから太い柱のようにのびる〝成長する石〟のせいで、洞窟の幅はせばまっていた。かれらが攻撃をうけたのはそのときだった。

まず、サグス＝レトのヌグウン・ケールに石つぶてがひとつ、火花をあげて割れんばかりのはげしさで命中する。それからは両方のヌグウン・ケールに雨あられと石が降りそそいだ。トリプリードたちは悲鳴をあげ、地面から四分の一長単位上を浮遊していたヌグウン・ケールの上から下へと逃げこんだ。

ダルゲーテン二名は、石柱のかげに身をかくしていると思われる投石者を見さだめようとして投光器を旋回させた。何度か、影のようなものが動くのが見えた。だが、それだけだった。石つぶてもぴたりとやんだ。

サグス＝レトとケルマ＝ジョはトリプリードたちをなかにいれてやってから、ヌグウン・ケールを上昇させ、石柱のあいだを照らしてみた。だが、苔《こけ》におおわれた洞窟の壁を飛びまわる光る昆虫の群れのほかには、なにも見えなかった。

「石ではわれわれに歯がたたないとわかってひきあげたんだろう」洞窟の壁の裂け目を見ながらサグス＝レトがいった。

「サル・クマ混合型生物かな」ケルマ＝ジョがいう。

「ありえるな」サグス＝レトが重苦しい声で答える。

「いったい、なにを食べて生きているんだろう。こんな寒い不毛の世界で」と、ケルマ＝ジョが同情したようにいう。「つねに餓死と隣りあわせの生活にちがいない」

「攻撃をしかけてきたのもそのせいかもしれない。かれらにとってわれわれは巨大な怪物のように見えるはずなんだが」と、サグス＝レト。「先へ進もう」

その後は、静寂の洞窟の光景が十分の一日ほどつづいた。そのあいだに遭遇した生物といえば、発光昆虫と、天井からぶらさがる発光植物だけだ。それから、大広間のような窪地に出た。窪地の底は色とりどりの花をつけた発光植物におおわれている。

「故郷の海の珊瑚礁を思いだすな」と、サグス＝レトがいう。「ケルマ＝ジョ、ここにも水が関係している。壁から流れでてくる小川を見てごらん。窪地にたまっている水にちがいない。たぶん、そこにいる植物だか動物だかが、その水をスポンジのようにたっぷりと吸いこんでいるんだ」

「もっとしっかり調べてみないと」と、ケルマ＝ジョ。

かれは、植物または動物が集まってできた、色とりどりに輝く絨毯《じゅうたん》すれすれまでヌグウン・ケールの高度をさげた。サンプルを採ろうとしてゾンデを出したとき、突然〝葉〟と〝花〟が縮んだ。まるで、水分がすべてぬけてしまったように見える。見えただけでなく、実際にそうだった。その瞬間、窪地が一長単位の深さまで、澄みきった液体で満たされたのだ。

「気をつけろ！」不安に駆られてサグス＝レトが叫ぶ。ケルマ＝ジョのヌグウン・ケールから蒸気があがりはじめたのが見えたからだ。「上昇するんだ！」

それまでショックで硬直していたケルマ＝ジョは、その声でわれに返り、ヌグウン・

ケールを垂直に上昇させた。液体とヌグウン・ケールからはまだしばらく蒸気があがっていたが、それもやがておさまった。だが、ヌグウン・ケールの底面はすっかり光沢を失ってしまった。

「あれはなんだったんだ?」と、ケルマ＝ジョはようやくたずねる。

「酸だ。高濃度の」サグス＝レトは息を切らしながらいった。恐怖のあまり、毛細血管がはりめぐらされた外套腔《がいとうこう》内壁から息をすっかり吐きだしてしまっていたのだ。「動物なのか植物なのかわからないが、あの生物は、きれいな色と光でほかの生物をおびきよせ、ためこんでいた酸をいっきに吐きだして酸の湖をつくりだすんだ。甲殻を持たない生物がさっきのきみの位置にいたら、一万分の一日とたたないうちに溶けてしまっただろう」

「ああ、〝名状しがたき力〟よ!」ケルマ＝ジョが、恐怖と安堵のいりまじった声でいう。「あなたが物質をどれほど奇抜なものに変化させるかは想像もつかない!」

サグス＝レトはパートナーのヌグウン・ケールの下にはいり、その底面をくわしく調べてみた。メタルプラスティックでできた機体が千分の一長単位の深さまで酸に侵食されている。人工這い足のダメージはさらにひどいようだ。柔軟性が要求されるため、すべて高分子炭化水素でできているからだ。

「人工這い足を動かしてみろ!」サグス＝レトは叫んだ。

人工這い足が伸縮しながらリズミカルに動くようすを、注意深く見守る。ヌグウン・ケールがこのように動くところを見るのははじめてだった。まるでほんものの足のような動きを見て、かれは感心した。

「機能に問題はない。ダメージは見た目ほどひどくないようだ。人工這い足の裏にちいさな穴がたくさんあいてしまったから、歩行中にいくらかすり切れるだろうが、使えなくなるほどじゃない。ダルゲータにもどったら、新しい這い足をとりつけてもらえるさ」

「ほっとしたよ」と、ケルマ＝ジョ。「さっきはショックですっかりうろたえてしまった」

「それはわたしにもわかったよ」サグス＝レトは、〝湖〟がふたたび姿を消し、色とりどりに輝く生物がもとの大きさに成長していくのをじっと見ながらいう。「ヌグウン・ケールさえ溶かす酸にもびくともしないなんて、この生物はなにでできているんだろう」

「さ、ここから立ちさろう！」と、ケルマ＝ジョがいう。「この生物をこれ以上見ていることに耐えられない」

サグス＝レトは無言で洞窟の先へとヌグウン・ケールを進めた。

5

十分の一日たらず前、かれらはヌグウン・ケールではいれるだけの幅のある、ななめ上に向かってのびているわき道を見つけた。トリプリードたちは餌探しに出ていた。だが、地上への出口が見つかるかもしれないという希望は叶《かな》わなかった。かれらが目にしたのは出口ではなく、恐ろしい光景だった。

わき道をたどっていくと、広間のような空間に出た。わき道はそこで行きどまりになっていた。天井から、凍った滝のように巨大なつららがぶらさがっている。その下に、何千体もの骸骨が横たわっていたのだ。

その光景を見て、サグス＝レトとケルマ＝ジョは思わず感覚器をひっこめた。感覚器をのばして恐怖にたちむかう決心がつくまでに、長い時間がかかった。

「全員がここで死んだにちがいない」と、ケルマ＝ジョが小声でいう。「だけど、頭蓋骨がひとつも見あたらないぞ」

「頭蓋骨はこっちにある」パートナーよりもすこし高いところを浮遊していたサグス＝

レトがいう。「ひろい岩棚の上だ、ケルマ＝ジョ。きっちり積みあげられている。だれかが埋葬したんだ！」

「埋葬だって？」ケルマ＝ジョは驚いたようにいうと、パートナーの隣りへ浮上してきた。「だけど、動物は埋葬なんてしないよ」

「動物ではない」サグス＝レトはきっぱりとした口調でいった。「かれらは突然変異によって怪物のような姿になったが、理性を持った存在だった。ここにある頭蓋骨を見てごらん。ひとつひとつ、すべて違ったかたちをしている。それぞれが別々の、サル型、ネコ型、恐竜型、クマ型生物の要素が混じりあった様相《てい》を呈している。何型に分類したらいいかわからないものもたくさんある」

「恐ろしいことだ」と、ケルマ＝ジョが震えながらいう。「どんな気持ちだっただろう。かれらには感情があったんだからな。感情というものがなければ、死者を埋葬したりはしないはずだ」

「感情が〝あった〟ではなく、〝ある〟だ」と、サグス＝レトはいいなおした。「われわれに石を投げつけてきたのは、かれらの親戚にちがいない。ひとつ、ひらめいた。あの大勢の足跡をおぼえているだろう？ あれは避難者の足跡だった。骸骨の年代を放射性炭素年代測定法で調べてみよう」

かれはゾンデを出そうとしたが中止した。どんな測定器具よりもダルゲーテンである自分のほうが、炭素の放射性同位体の崩壊度を測定するのは得意だということを思いだしたからだ。

ヌグウン・ケールの高密度の原子という障害要素を排除するため、機首のヴァイザーを開き、素粒子探知器官を外の冷たい空気のなかへとさしのべる。

冷たい風にからだが慣れ、ヌグウン・ケールのなかの高温多湿な空気によって発生したもやが晴れるまで、しばらくかかった。

かれは、素粒子探知器官で手近の頭蓋骨を調べはじめた。能力をフル稼働させる必要はない。素粒子レベルにまで〝はいりこむ〟必要はないのだから。放射性炭素年代測定法の原理は、生物は生きているあいだ炭素やその他の元素の放射性同位体を一定の割合でとりこむ、という事実にもとづいている。

生きているあいだは、生物の体内で放射性同位体と〝通常の〟元素は一定の割合をたもっている。だが、生物が死ぬと、放射性同位体があらたにとりこまれることがなくなり、同位体は一定の時間をかけて崩壊していく。

空気中の二酸化炭素には放射性同位体である炭素14がふくまれ、炭素14の半減期は二千六十ダルゲータ年……テラの五千五百年……である。一ダルゲータ日は二十四時間ではなく二十一時間、一ダルゲータ年は八百五十四ダルゲータ日……テラのおよそ九百六十一日……である。

炭素14の崩壊プロセスは、死の瞬間に動きはじめる正確無比の時計に似ている。だから、崩壊の進行度を調べれば、この時計がいつ動きはじめたかがかなり正確にわかる。

サグス＝レトは、わずか一万分の十二日でひとつめの頭蓋骨の崩壊の進行度を特定した。その結果、頭蓋骨の主が死んだのは三千七百四十五ダルゲータ年前だということがわかった。ただし、この年代測定法が有効なのは、頭蓋骨の主が生前食べていたものと呼吸していた大気の組成が、ダルゲータの生物のそれとほぼ同じだったと仮定した場合だけだ。

だが、サグス＝レトにとって、割りだされた頭蓋骨の年代の数字が正しいかどうかは重要ではなかった。かれがたしかめようとしていたのは、まったくべつのことだった。岩棚のさまざまな場所から集めた、ぜんぶで三百もの頭蓋骨をケルマ＝ジョとともに調べた結果、それをつきとめた。

「かれらは全員、ほぼ同時に死んでいる」サグス＝レトは調査結果をまとめた。「結果にわずかなばらつきがあるのは、たぶん、かれらが同じ瞬間にではなく、数日のあいだに死んだということを意味しているのだろう」

「だが、死因は?」と、ケルマ＝ジョ。

「複数の頭蓋骨にバクテリアの胞子が〝見えた〟。素粒子レベルの構造から考えると、そのバクテリアには赤血球を破壊する能力があったものと思う」と、サグス＝レトが説明する。「つまり、頭蓋骨の主たちは伝染病で死んだんだ」

「だけど、そんなに突然に？」と、ケルマ＝ジョが反論する。「それに、かれらはなにから逃げようとしていたんだ？」

「たぶんそれは永久にわからないだろう」と、サグス＝レト。「だが、想像することはできる。大惨事のあと、何世代にもわたって洞窟で暮らしていたかれらは、ついに地上に出た。そして、よそ者に発見され、細菌兵器による攻撃をうけたんだ」

「細菌兵器だって？」ケルマ＝ジョがぞっとしたように声をあげる。「だが、それは犯罪だ。四十四種族すべてが禁止している！」

「その犯罪者は四銀河に住む種族には属していなかったにちがいない」と、サグス＝レトがいう。

「ポルレイターか！」と、ケルマ＝ジョが叫ぶ。

「可能性はある」と、サグス＝レト。「ポルレイターが犯罪者であることはまちがいない」

「細菌兵器の攻撃をうけて瀕死の状態になったこの者たちは、ふたたび地下世界へ逃げたんだな」と、ケルマ＝ジョがつぶやく。「そこで死に、生きのこった者たちがかれらを埋葬した。生きのこった者たちはたぶん、赤血球破壊バクテリアに対する免疫を獲得したんだ。その子孫が、この惑星の地下でみじめな生活を送っている。サグス＝レト、かれらを助けられないかな。自分のからだを食糧としてさしだしたいくらいだ」

そのとき、セト＝アポフィスがふたたび洗脳コンタクトを作動させ、ケルマ＝ジョをコントロールしはじめたので、かれはその考えを忘れてしまった。サグス＝レトも、パートナーの言葉を忘れてしまった。

ダルゲーテン二名はわき道をひきかえし、もとの道を先へ進んでいった。

＊

「この道はどんどんくだっているぞ」と、ケルマ＝ジョがいう。「このまま行ったら、二度と地上に出られないかもしれない」

ダルゲーテン二名は、洞窟の天井がドーム状になっている場所にいた。もちろん、ヌグウン・ケールの機首のヴァイザーはふたたび閉じてあった。トリプリードたちはちょうど餌を探しにいったところだ。

「ひきかえしたところで無意味だ」と、サグス＝レトが答える。「出口がないことはわかっている。もしかしたら、途中のわき道のなかに、地上に通じているものもあったかもしれないが、だとしてもなんの役にもたたない。われわれは大きすぎるんだ……友好諸種族がそういっていたが」

「わたしは、自分がこんなに大きくなってうれしいよ」と、ケルマ＝ジョが答える。

「子供のころの自分がどれほどちっぽけだったかを思いだすとね。当時はトリプリードとほとんど同じくらいしかなかった。大人を見かけると、いつも恐いと思ったものだ」

サグス＝レトはそれにはとりあわなかった。聞きなれない物音に気づいたからだ。それは、強まったり弱まったりをくりかえす、かすかな音だった。遠くの雷かもしれないと思ったが、雷なら常時こんなに鳴っているはずがなかった。

「どうしたんだ？」と、ケルマ＝ジョがたずねる。「黙りこんでさ」

「あの音が聞こえないのか？」と、サグス＝レト。「前方から聞こえてくる」

「わたしにはなにも聞こえない」と、パートナーが答える。

そのとき、トリプリード六匹がもどってきた。獲物は持っていなかったが、そのようすから、満腹していることがうかがえた。

ダルゲーテン二名は飛行モードで先へ進んでいった。まもなくケルマ＝ジョがサグス＝レトに、強まったり弱まったりをくりかえすかすかな音が自分にも聞こえる、と、いった。

「外気が暖かくなってきたぞ」と、かれはしばらくしてからいった。「トリプリードたちがずっと元気になったから、きっとそうだ」

ダルゲーテンは、覚醒時には暗示能力を手綱《たづな》のように使ってつねにトリプリードたちを制御している。サグス＝レトはこの、いわば〝超心理手綱〟に対するトリプリードのフィードバック・インパルスをチェックしてみた。

「本当だ」と、かれはいった。「センサーが外気温の上昇をしめしている。湿度もあがっている。同時に、大気中の二酸化炭素も増加している」

「あの音も大きくなってきた」と、ケルマ＝ジョが答える。「この四つの事実は、すべて同じ原因から生じているのかもしれない。だが、気温と湿度と大気中の二酸化炭素量とあの音の音量を上昇させている原因はいったいなんだろう」

もしかしたら、滝かな……自分でもその答えを信じていなかったのだが、サグス＝レトはそう答えようとした。とそのとき、岩の裂け目から洞窟内にはいってきた生物の姿を後部センサーがとらえた。

その生物は一・五長単位ほどの大きさで、のびたり縮んだりをくりかえしている黄土色の革袋のように見えた。頭や顔にあたる部分はどこにも見あたらない。二本の短い脚は大きな鳥のそれのようで、肉のついていない角質でできているように見える。脚にはそこここに、長い赤い毛がちいさな束になって生えている。

「〝名状しがたき力〟にかけて！」と、サグス＝レトは思わずいった。「あれは突然変異生物にちがいない。かつては文明をもっていたこの惑星の住民の子孫だ」

ケルマ＝ジョは声にならない声をあげた。

第二の生物があらわれた。こんどは、洞窟の壁の裂け目からあらわれてくるのがはっきり見えた。それは、最初にあらわれた生物にはまったく似ていなかった。二長単位ほどの大きさの、直立歩行する恐竜型生物のような姿だったが、ネコ型生物のような頭部がふたつ、蹄《ひづめ》の生えた細長い脚が四本、鉤爪のついた腕が一本ついていた。

サグス＝レトは恐怖のあまり、あえいだ。はっきりと考えることさえできなかった。それでも意識の、明晰に機能している一部分で、自分の生殖器官になにかが起きていると感じた。それがなにかはわからなかったが、起きてはならないことだというのはわかった。それだけで、パニックになるには充分だった。

どれだけの時間が過ぎたのかさだかでなかったが、しだいにパニックがおさまってくると、自分が大きな岩のドームのなかにいることに気づいた。地面がすり鉢状に窪んでいて、そこに煮えたぎる熱湯の湖ができている。もうもうと蒸気があがり、とても暑い。さらに、さっきまでかすかだったあの音が、いまでは不吉な轟音となって鳴りひびいている。

サグス＝レトが次に気づいたのは、トリプリードたちとの超心理的なつながりが失われていることだった。センサーを働かせても、トリプリードたちもケルマ＝ジョも見つからなかった。

「サグス＝レト？」ヌグウン・ケールのコミュニケーターから心配そうな声が聞こえてきた。「どこにいるんだ？」

「ここだ」と、サグス＝レトは答える。

安堵のため息が聞こえてから、パートナーの声がした。

「マグマ溜《だ》まりに落ちたんじゃないかと心配したよ」

「マグマ溜まり？」と、サグス＝レトはおうむがえしにいった。そのとき突然、気温と大気中の二酸化炭素濃度の上昇と轟音と煮えたぎる熱湯の湖のつながりがわかった。ダルゲータには火山活動がないため、最初の予兆ではそれとわからなかったのだ。もちろん、他惑星に関する情報から、理論的には知っていたのだが。

「そのマグマ溜まりはどこだ？」と、たずねてからすぐ、そんなことを聞いても無意味だと気づく。ケルマ＝ジョに熱湯の湖のある場所をたずねられても答えられないのと同じだ。「つまりわたしがいいたいのは、合流するにはどうしたらいいかということだ。方位測定シグナルを送りあおう。おたがい、シグナル音が大きくなる方向に進めば、接近することができる。ところで、きみのトリプリードも姿を消したか？」

「ああ」と、ケルマ＝ジョは力なくいった。「わたしがパニックを起こしたとき、逃げてしまったにちがいない。このことを報告したら、トリプリードの保護義務をおこたったと非難されるだろう。だが、どうしようもなかったんだ。なぜって……」かれはそこでいいよどんだ。

突然、サグス＝レトにも、自分がなぜパニックにおちいったかがわかった。生殖器官が活性化して、受精をひきおこしたのだ。不適切なときに受胎してしまった。受精は十一日と十分の二日後に起きるべきだったのに。

「じゃ、きみもなのか、ケルマ＝ジョ」と、かれはいった。「まだ訓練中だったら、内なる力の館から追放されるところだった」

「たしかに」と、ケルマ＝ジョ。「だけど、どうして追放されなきゃならないんだ。どうしようもないじゃないか。突然変異生物を二体も見たショックが引き金になったにちがいない」

「われわれ、かれらに恐怖をおぼえた」と、サグス＝レト。「それはわれわれが未熟だという証拠だ。物質暗示者の寛容さは、ほとんど自己犠牲の域に達しなければならないんだから」

「つまり、われわれはまだ成熟していないというわけだ。すでに受胎していて、十四日後には出産することになるんだが」と、ケルマ＝ジョ。「もしかしたら、精神的に成熟するまでは受胎するべきではないのかもしれない。でも、そんなことは聞かされなかった。内なる力の教団がわれわれをミッションに送りだすのが早すぎたんだ」

「それでもミッションは遂行しなければ」セト＝アポフィスのあらたな干渉をうけて、サグス＝レトはいった。「われわれは使命にしたがう。方位測定シグナルをたよりにおちあおう。そうすれば、トリプリードたちもきっともどってくる」

6

サグス＝レトは、岩壁にあるアーチ形の開口部から、黄色から深紅まで色を変化させながら揺れ動く炎をじっと見ていた。岩のトンネルの向こう側にトリプリードくらいの大きさしかない穴があって、そこからときどき灼熱のマグマがほとばしってくる。

「これが火山の奥深くにある火なのか」感心すると同時に身震いしながらいった。

「溶岩とガス塊の混合物だ」と、ケルマ＝ジョ。

ダルゲーテン二名は煮えたぎる泥流の岸辺で再会し、その後まもなくトリプリードたちももどってきた。最初、トリプリードたちはとりみだしたようすだったが、サグス＝レトとケルマ＝ジョが義務にしたがって平静さをたもとうとつとめたので、すぐにおちつきをとりもどした。

サグス＝レトがどうしてもマグマ溜まりを見たいといったので、ケルマ＝ジョがここまで案内したのだった。最初、かれはその光景にがっかりしてしまった。マグマ溜まりには三十長単位はなれた場所までしか近づけなかったし、その内部は岩のトンネルを通してしか見ることができなかったからだ。だが、こちら側の開口部のすぐうしろがマグマだったらここに立っていられるはずがない、と、ただちに気づいた。自分たちが立っているところはとっくにマグマであふれていただろう。向こう側のちいさな穴は、高圧で噴きあがるどろどろの溶岩や高圧のガスを遮断してはいない。

「さ、出発しよう」と、ケルマ＝ジョがいった。「暖かいのはいいが、開口部の近くは空気が乾燥しすぎている」

「ヴァイザーを開けていたのか？」サグス＝レトが驚いてたずねた。

「そうさ。きみもそうして、ヌグウン・ケールの生命維持ユニットを切ったほうがいい。水再生装置は完璧に機能しているが、水の絶対的循環をつくりだすわけじゃない。循環するたびに、水はすこしずつ失われる。でもって、水を補充することはできないんだ」

「それは考えたことがなかったな」と、サグス＝レト。

かれは生命維持ユニットのスイッチを切り、機首のヴァイザーを開けた。心地よい熱風が顔を打った。だが、千分の一日後には、その風が非常に乾燥していて、肌をおおっている湿った粘液にどれほどのダメージをあたえるかに気づいた。

「行こう！」と、あわてていった。

かれらはきた道をひきかえし、さまざまな通廊が迷路のようにいりくんでいる場所に出た。ほとんどの通廊がせますぎて、ふたたびパニックが起きそうになるのを、やっとのことでおさえる。突然変異生物の出現でパニックにおちいったあの通廊にもうもどれないのでは、と、心配したのだ。

とうとう、天井がドーム状になっているところまでもどってきた。だが、ほっとしたのもつかのま、百長単位ほど進んでカーブを曲がったところで、通廊が天井のすぐ下まで大量の石でふさがれていることがわかった。

「崩落じゃないな」ヌグウン・ケールをとめて、ケルマ＝ジョがいう。

サグス＝レトも停止した。

「そうだな。だれかが石をここまで運んで積みあげたんだ」

「いったいだれだろう」と、ケルマ＝ジョ。

「たぶん、突然変異生物たちだ」と、サグス＝レト。

「かれらはわれわれを捕まえて殺すつもりだ」ケルマ＝ジョは悲しそうにいう。「かわいそうに。かれらは恐ろしい運命のせいで、それをひきおこした張本人と同程度にまで邪悪になってしまったんだ。ヌグウン・ケールで障害物を除去できないかな？」

「無理だ」と、サグス＝レト。「石はひとつひとつが重すぎるし、おまけに頑丈に積みあげられている。分子加速銃を使うしかないんじゃないかと思う。ヒンド＝ベルもいったじゃないか、〝きみたちはこれを、おもに障害物の除去に使用することになるだろう〟と」

「サグス＝レト！」ケルマ＝ジョが叫んだ。「分子加速銃は使えない。石のバリケードの向こうにだれかいるぞ」

「だれかいる？」サグス＝レトはおうむがえしにいうと、石のわずかな隙間から向こうをのぞこうとした。かれは息をのんだ。隙間から、なにかはっきりしないが動くものが見えたのだ。

「突然変異生物にちがいない」と、ケルマ＝ジョがいう。「原始的状態にあるとはいっても、かれらはある程度の知性をたもっていたんだ。先を見こして計画をたてるのは知性体にしかできないことだ」

「でも、われわれを殺そうとしているわけじゃないと思う」と、サグス＝レト。「バリケードごしに、どうやって殺そうというんだ？　かれらはたんに、われわれのことが恐いんだと思う。石を投げつけてきたときには、たしかに殺そうとしていただろう。だが、石を投げてもむだだとわかったとき、われわれのことを、かれらの祖先を地上から地下へ追いやった強大な種族の一員なんじゃないかと思ったにちがいない。当時の出来ごとの記憶が、すくなくとも伝説というかたちでかすかにのこっているのだろう」

「われわれのことを恐がるなんて」と、ケルマ＝ジョが心外そうにいう。「既知の宇宙に存在するなかで、もっとも平和主義的な生物であるわれわれのことを」

「困ったな」と、サグス＝レト。「もちろん、分子加速銃を使用することでかれらを危険にさらすわけにはいかない」

「かれらに暗示をかけて撤退させる、というのはどうかな」と、ケルマ＝ジョ。

「それはうまくいくかもしれない。かれらの知性はわれわれよりもずっと低いはずだから」と、サグス＝レト。「だが、かれらから見て不気味な力でバリケードが破壊されたことをあとで知ったら、われわれに対する恐怖はさらに増すだろう。だめだよ、ケルマ＝ジョ。ひきかえそう。べつの道を探そう」

「それで、道が見つからなかったら？」

サグス＝レトはそれには答えなかった。だが、二名とも、ヌグウン・ケール内の備蓄を使いはたす前に出口が見つからなければ危険だということはわかっていた。

もちろん、この問題が生じたのは、かれらがふたたびセト＝アポフィスの影響から自由になっていたからだった。そうでなければ、かれらは突然変異生物になんの配慮もしなかっただろう……

＊

それから一ダルゲータ日以上が経過したのちのこと。湧きあがるマグマの轟音が絶え間なく響いているこの迷路から脱出するのに、役だつかもしれないものが見つかった。ケルマ＝ジョのトリプリードたちが、砂利になかば埋もれた階段を見つけたのだ。その階段はドーム状の天井にまで達しているように見えた。トリプリードたちは身振りと鳴き声でそれを主人に報告した。

最初、ケルマ＝ジョは、トリプリードたちのいっていることが理解できなかった。というのも、トロン、ファルン、レスの三匹はダルゲータ以外の文明に触れたことがなかったため、階段というものを知らず、なにか人工的につくられたものとしか認識できなかったからだ。かれらのあとについて発見現場に向かい、投光器の光に階段が浮かびあがるのを見てはじめて、それがなんなのかがわかった。ダルゲータでの訓練中に得た数多くの情報を通じて、かれとサグス＝レトは階段の画像も見たことがあり、多くの友好諸種族がそれを高低差の克服のために使用していることを知っていた。

ケルマ＝ジョはサグス＝レトを呼んだ。

サグス＝レトは階段を注意深く観察した。一段の幅はおよそ一長単位、高さは十分の一長単位。周囲の岩石と同じ素材でできている。

「これはとりつけたものじゃないな。周囲の岩を削りだしたんだ」と、断定する。「表面の原子レベル・素粒子レベルの構造から判断して、それは明らかだ。したがって、宇宙航行が可能なほど高度な技術が使われているということ」

「高エネルギー・バーナーが使われている」と、ケルマ＝ジョが補足する。

「ポルレイターならともかく、この惑星の先住種族は持っていそうにない技術だ」と、サグス＝レト。「だが、なんのためにこの斜面に階段をつけたんだろう」

「まったく不思議だ」と、ケルマ＝ジョ。「それに、かれらがたとえばトリプリードくらいの、とてもちいさい生物でなければ、この階段をのぼることはできないだろう」

サグス＝レトが自分のトリプリードたち……クルート、ホルク、リース……に暗示命令をあたえると、三匹はヌグウン・ケールから飛びおり、階段を跳びはねながらのぼっていった。最上段までのぼると、天井と斜面のてっぺんのあいだの隙間にはいっていく。しばらく、トリプリード同士で意思疎通する鳴き声がしていたが、やがてそれも聞こえなくなった。

およそ百分の一日後、かれらはもどってきた。まずリースが姿をあらわし、興奮したようすで鳴き声をあげると、砂埃《すなぼこり》をたてて階段わきの斜面を滑りおりてきた。クルートとホルクもあとにつづいてくる。かれらの動きはリースよりも慎重だったが、やはり階段を使わず斜面を滑りおりてきた。二匹でちいさなまるい金属ディスクを一枚かかえている。ちいさな、といっても、かれらのからだとくらべるとかなり厚みがある。

サグス＝レトのヌグウン・ケールの機首前にディスクを置くと、かれらははげしい身振り手振りと鳴き声でなにかを訴えはじめた。

「隙間の奥のどこかでこれを掘りだしたといってる」と、サグス＝レト。「でも、いったいなんだろう」

素粒子探知器官をいっぱいにのばし、いつもの癖で、まず金属ディスクの素粒子レベルの構造から理解しようとする。

千分の一日とたたないうちに、かれはぎくりとした。

「反陽子だ！」興奮して叫ぶ。「ディスクの中心に、反陽子が集まっている！」

「だけど、通常物質とは接触していないんだろう？」ケルマ＝ジョがそんなばかなといった顔でいう。

「通常物質と接触している」と、サグス＝レト。「でも、これはまったく未知の元素の反陽子だ。だから、爆発的反応の危険はない。ちょっと待て！ ディスクのなかに、同じ元素の陽子もあるぞ。でも、ディスクのべつの場所に集まっている」

「わたしにも見えてきた」と、ケルマ＝ジョ。「分子レベルにまで倍率をさげてみろ。通常陽子と反陽子のあいだにポジトロン性エレメントが複雑に配置されていることがわかるから」

「そうだな、わたしにも〝見えた〟」すこし間をおいてサグス＝レトが答える。「これはおそらく、通常陽子と反陽子の集まりを永久に分離しておくために配置されているんだろう。いや違う、分離するためだけじゃない。ポジトロン性モジュールに連結された振動感知装置があるぞ。こっちは、特定の範囲にある振動が感知された場合に分離を解消するためのものだ」

「それだけじゃないぞ」と、ケルマ＝ジョ。「そのポジトロン性モジュールには、高度な思考プロセスに特徴的な脳波を検知するようにチューニングされた周波探知機も連結されている」

「知性体の脳波の周波にチューニングされているんだ」サグス＝レトが身震いしながらいう。「つまり、これの近くで知性体が動くと、物質と反物質の反応が起きるということだ。ケルマ＝ジョ、動くな！　このディスクは破壊兵器だ。いつ爆発してもおかしくないぞ！」

「もう大丈夫だ」と、ケルマ＝ジョが答える。「反陽子のグルーオンに、通常陽子になるように暗示をかけておいた。かんたんにできたよ」

「安心したよ」と、サグス＝レト。「わたしもそこに気づくべきだった。でも、べつのことを考えていたんだ。恥知らずにも知性体の抹殺をたくらんだのはいったいだれなんだろう、と。それは、部外者に秘密を暴《あば》かれるのを防ぎたいと思っている者以外にありえない。ヌグウン・ケールを這い足モードにしていたら、われわれ、いまごろは死んでいた」

「ポルレイターだ！」ケルマ＝ジョは勝ちほこったようにいった。「いろいろアクシデントはあったが、結局、われわれは運がよかったんだ。ここは、ポルレイターがセト＝アポフィスから盗んだ文書やその他の秘密をかくした惑星にちがいない」

ふたりとも気づいていなかったが、セト＝アポフィスがふたたび洗脳コンタクトを作動させていたのだ。

「そして、厳重な防護処置がとられているここが、その秘密に通じる入口なんだ」と、サグス＝レトが答える。「なんとしても突破しなければ。たぶん、洞窟の天井と斜面は、昔はもっとはなれていたんだろう。天井が沈下したにちがいない。だが、分子加速銃ならこの障害物を除去することができる」

「まずは反物質地雷がまだ埋められていないかどうか確認して、もし見つかったらそれも無害化しておくことが先決だ」超越知性体に吹きこまれたとおりに、ケルマ＝ジョがいった。

7

素粒子探知器官を使って、かれらはすぐに、岩石を構成する莫大な量の陽子、中性子、電子のなかから、ダルゲータや四銀河では知られていない元素の純粋な陽子と反陽子の塊りを見つけだした。

素粒子レベルの物質暗示によって反陽子を通常陽子に変えて無害化したのち、斜面から安全な距離をとったうえで、分子加速銃を作動させた。

この武器は、陽子が一万分の半日あたり九十万長単位という熱速度になるまで分子を加速すれば、あらゆる物質を恒星内部の温度にまで加熱できる。分子の加速は一連の現象のはじまりにすぎず、そこから連鎖反応によって温度上昇が起きる。

今回は、岩石が融解するだけの分子速度が得られればそれで充分だった。あとは、融解した障害物がいくらか冷えるのを待てば、ヌグウン・ケールのヴァイザーを閉じて安全にその上を通過することができた。もちろん、トリプリードたちは事前にヌグウン・ケールのなかに呼びもどされていた。

斜面があった場所の奥には、自然の洞窟がつづいていた。ただし、天井には照明装置の痕跡がのこっている。三百長単位ほど進むと、岩石を高エネルギー・バーナーで焼いて人工的につくられた大きな部屋に出た。シャフトが天井から上方向にのびている。地上につながっているのかもしれないが、たしかなことはわからないし、ダルゲーテンにはせますぎて、とてもはいれなかった。

それはまちがいなく反重力リフトだったが、大災害によってエネルギー供給がとまっていた。部屋のおよそ三分の一は地盤が沈下している。自然にできた縦穴から、地下河川の水が、惑星の核にまでとどいているかに見える大きな裂け目に流れこんでいる。

そこで行きどまりかと思われたが、サグス＝レトが、水の浸食をうけた反重力リフトの痕跡のようなものに気づいた。この第二の反重力リフトは、かつてはさらに地下深くへと通じていたものと思われた。

「ここは、地上と地下深部の施設を結ぶ反重力システムの中継所だったんだ」と、かれはいう。「川もここから滝になって流れおちているから、水の流れを追っていけばいい。ポルレイターの秘密施設にたどりつけるかもしれない」

セト＝アポフィスの洗脳によって疑念を封じこめられていたので、ケルマ＝ジョもなんの躊躇《ちゅうちょ》もなく賛成した。

かれらは飛翔装置の反重力を切りかえ、惑星重力を相殺しただけでなく、局所的に働く強力な重力フィールドをヌグウン・ケールの上につくりだした。この重力フィールドは、滝の吸引力からかれらを守るとともに、降りそそぐ大量の水の落下速度をゆるやかにした。

かれらよりも下にあった水は従来の速度で落ちていったので、滑りおりていくうちに、かれらの下にはしだいに大きな空洞が生まれた。やがて巨大な部屋のような空間があらわれ、かれらは停止を余儀なくされた。

流れおちてきた水は、そこで大きな渦を巻いていた。流出口がせますぎて水がなかなか通過できないのだ。

とそのとき、向こう側の乾いた壁にはりだした岩棚の奥に、金属面が見えることに気づいた。水しぶきにふくまれるミネラル分が薄い層となって表面をおおっているため、それはかつては持っていただろう輝きを失っていた。ほかの知性体なら見のがしていたかもしれないが、物質暗示者たちは素粒子探知器官によって即座に、そのミネラル層の奥に高重合度・高分子メタルプラスティックがかくれていることに気づいた。

躊躇することなく、二名はその金属面に近づいた。

「ポルレイターのかくれ場だ！」ケルマ＝ジョが勝ちほこったようにいう。「見つけたぞ！」

ふたりともまだセト＝アポフィスの影響下にあったが、かりにそうでなかったとしても、同じ決断をくだしただろう。その状況ではほかに選択肢はなかったから。超心理能力を使って門を見つけ、物質暗示によって複雑なコードを解いてエレクトロン錠を操作することに決めたのだ。もうあともどりはできない。それに、早く有機物を見つけてトリプリードたちに食べさせてやらなければならない。エレクトロン錠を開けるには千分の一日しかかからなかった。その奥に思いもよらない不思議な世界が待っていることを、そのときかれらは知るよしもなかった……

＊

門の向こう側の世界を見た第一印象は、〝絶対的な暗闇〟だった。洞窟網のなかはその大部分に発光する動植物がいて、それらが明かりがわりになっていたが、ここには、かぎられた範囲を照らすヌグウン・ケールの投光器しかない。また、照らしだされるものもない……いまはまだ。

かれらは注意深く門をくぐり、眼前の暗闇のなかにはいっていった。いつでも武器を使えるように身がまえながら。セト＝アポフィスの洗脳コンタクトの影響下にあるいま、それが自分たちの信条に反する姿勢だと感じることはできなかった。

なかにはいると、うしろで門が閉まった。かれらがそのために不安になることはなかった。門のポジトロン制御システムのプログラミングを〝読みとって〟いたので、訪問者がなかにはいるとすぐに閉じるしかけになっていることがわかっていたからだ。

次に感じた印象は、〝絶対的な静寂〟だった。静寂と暗闇は、想像のつかない秘密がかくされている世界にふさわしいように思われた。

だが、かれらにはヌグウン・ケールの投光器があった。そしてほどなく、その光が暗闇からなにかの輪郭と表面を浮かびあがらせた。

ダルゲーテン二名は息をのんだ。ゆるやかに傾斜する道の向こうに、どこまでつづいているのかわからないほど巨大な空洞がひろがっていた。空洞とはいっても、なにもない空間ではない。投光器に照らされた部分には、光を反射する青い金属製の床にさまざまな建造物がそびえているのが見えた。その建築様式は、ダルゲーテンにとり、基本的な特徴からしてすでに完全に異質だった。ダルゲータの都市はすべて、ひとつの核のまわりに数多くの建物が集まった集合体だ。各世代の必要に応じて〝成長〟してきたそれは、隙間というものの存在しない、すべてがつながった集合体なのだ。

ところがここでは、建造物は別々に立っている。遠くはなれて立つものもある。建造物と建造物のあいだに接続された部分も見えない。なにかが住んだり保管されたりしていたようにはとても見えない建物もある。高さはあるのだが、幅がダルゲーテンの感覚器の太さくらいしかないのだ。青い壁三枚だけが青い床に設置されているところもある。四枚めの壁があるべき部分にはなにもなく、屋根もない。三枚の壁にかこまれた場所には、なんとも説明しがたい物体がある。台座の上に立っている状態のものもあれば、床に横たえられているもの、あるいは部屋の空間を漂っているものもある。

「ダルゲータで定期的に開催される銀河産業見本市の展示スタンドみたいだ」と、サグス＝レトが印象を述べる。「ポルレイターが、盗んできた秘密をここで公共のために展示しているなんてことがありえると思うか？」

「公共のために、というのは、たぶん正しい表現じゃないな」と、パートナーが答える。「とにかく、現在のところは正しい表現じゃない。どこにも生物はいないし、この秘密のかくし場所を監視するロボットもいないんだから」

「かれらは戦利品をここにかくしただけで、このかくし場所がだれにも発見されないように先住種族の文明を破壊したあと、またどこかへ消えてしまったのかもしれない」と、サグス＝レト。

「ここは気味が悪いな」ケルマ＝ジョが不安そうにいう。一瞬前に、セト＝アポフィスがかれらの洗脳コンタクトをふたたび切ったのだ。

「こんなところを発見しなければよかった」と、サグス＝レトが答える。「だけど、ここまできたわけだし、退路は滝に断たれているんだから、われわれにはここを探しまわるしかないいんだ。べつの出口が見つかり、いつかこの惑星の地上へも出られるといいんだが」

ヌグウン・ケールの投光器を上に向けると、人工天空の一部が見えた。人工天空は空洞全体をおおっているようだ。どこか生気のない、恐ろしい感じのするその光景に、身震いが出る。

「それでも、ヌグウン・ケールのヴァイザーを開けたほうがいいな」サグス＝レトも感じたことを、ケルマ＝ジョが口に出す。

ヴァイザーを開け、吹きつけてくる湿った冷たい空気をいやいや吸いこみながら、サグス＝レトは、パートナーと意見がぴったりあったことでこの不気味で異様な環境のなかでもすこし気が休まったと感じた。パートナーにならって、かれも空調装置と酸素発生装置をオフにし、投光器を前方に向けなおす。

ダルゲーテン二名は道の上すれすれを浮遊し、ゆっくりと空洞内部へ進んでいった。道の終点で、アーチ形の門をくぐる。門のてっぺんに、飛翔膜をたたんだちいさなコウモリをかたどった金属製オブジェがあった。

オブジェは毛皮におおわれた頭を下に向けてぶらさがっている。かれらがその下を通過すると、オブジェは意味不明な音声を発した。

そのけたたましい声に、サグス＝レトとケルマ＝ジョは仰天して身を縮めた。かれらの暗示インパルスをうけてヌグウン・ケールが停止する。

だが、トリプリードたちのあわてぶりを察知し、かれらは気をしっかりと持ちなおした。からだをまっすぐにし、感覚器を外へのばすと、さらに速度を落とし、平原のように青くひろがる区域をめざして先へ進む。

「あれはなんていってたんだろう」と、ケルマ＝ジョがたずねる。「不協和音の連続みたいな、本当にいやな声だった。あの叫び声はわれわれへの警告だったのかな。宇宙船といっしょにトランスレーターまで破壊されてしまったのが残念だ」

サグス＝レトも、あの声を耐えがたいほど不快に感じた。ダルゲーテンが一文ずつきちんとくぎって話す、抑揚に富んだ、柔らかい、響き豊かな、優しい声……かれらの話し声を、友好諸種族のサル型生物は歌と呼ぶ……とは、あまりにもかけはなれていた。

「歓迎のあいさつだった可能性もある」と、かれはいった。「言葉の意味を、響きだけで判断してはいけない。友好諸種族の大部分の言語だって、われわれにとっては不協和音だし。それに、あれはまちがいなく、敵味方を区別する機能を持たないただの単純な守衛ロボットだ。そうでなければ、われわれはなんらかの方法で停止させられていたはずだろう」

「たしかにそうだな」と、ケルマ＝ジョは同意する。「じゃ、先へ進もう。ヌグウン・ケールを這い足モードにしてもいいんじゃないかと思う。どっちみちゆっくり注意しながら進まなきゃならないんだから」

「わたしもそう思う」と、サグス＝レト。「それはそうと、トリプリードたちが騒いでいる。はなしてやろう」

「そうだな」と、ケルマ＝ジョ。「だけど、かれらが危険な目にあわないように、超心理手綱は短くしておこう」

かれらはトリプリードたちをはなし、門から放射状にひろがっている六本のレーンを眺めた。入口からすでに見えていた建造物のようなものが、レーンの両側にならんでいる。正方形の部屋のようだが、屋根と、レーンに面した側の壁がない。

「ライフドラアルにある銀河産業見本市の展示ブースみたいだ」と、ケルマ＝ジョが部屋を評していう。「これもなにかの展示なのかな。サグス＝レト、どのレーンを行く？」

「どれも違いはないみたいだ」と、サグス＝レト。「左はしにしよう。すべてのレーンを調べなきゃならないとしたら、最初からシステマティックにやったほうがいい」

かれらは第一のレーンにはいり、ブースのなかにあるものを観察した。青い壁はすべて、高さおよそ三長単位ほどだ。体長二・五長単位のダルゲーテン……ヌグウン・ケールにはいると、全長三長単位……にとっては、それは比較的、低いかこいだった。装飾や文字はどこにも見られなかったので、展示されているものがなにを意味するのかについて、なんの手がかりも得られなかった。展示物は信じられないほど奇妙なかたちをしていた。

「これ、だれかが使っていたものなのかな」と、サグス＝レトがいう。「だとしたら、その持ち主たちも同じように信じられないくらい奇妙な姿をしていたにちがいない」

ケルマ＝ジョは立ちどまり、あるブースの、台座の上の物体を見つめた。

「全体が腐食した大きなシリンダー形の筒を、細い金属棒が一本、ななめに貫通している」と、言葉で説明する。「いったいなんだろう？」

「これは高い台座の上に立っている」サグス＝レトは、パートナーの隣りに立って視覚触角と素粒子探知器官を働かせながらいった。「友好種族の恐竜型生物には、有名人の像を台座に据えるという奇妙な習慣がある。そのような形成物は記念碑と呼ばれている」

ケルマ＝ジョ、これは純粋な鉄でできている。鉄以外の原子はひとつも発見できない。炭素も、珪素も、マグネシウムも、燐も、硫黄《いおう》も。こんなに純粋な鉄は自然にできるものじゃない。複雑な技術的処理をへなければ得られないものだ」

「つまり、製造者はこれを通常の用途のためにつくったわけじゃないということだ」と、ケルマ＝ジョ。「本当に記念碑のようなものなのかもしれない」

「鉄は、われわれが知っている生物の大部分にとって生命維持に欠かせないものだ」と、サグス＝レト。「この純粋な鉄はそれを象徴的にあらわしているのかもしれない。だが、問題はこのかたちだ！　この物体の形状との類似性をしめす素粒子の配置は、酸素呼吸世界には存在しない」

ケルマ＝ジョは、ブースの開いている側から物体に近づいた。だが、半長単位も進まないうちに立ちどまり、感覚器をひっこめた。

その瞬間、サグス＝レトは、エネルギー性の渦巻きがレーンとブースのあいだに一種の境界線を形成していることに気づいた。パートナーに警告の言葉を発しようとしたそのとき、かれらは同時に自覚した。成功したければ危険を恐れてはならない。その考えを吹きこんだのは、もちろんセト＝アポフィスだった。

ケルマ＝ジョはふたたび決然と感覚器をのばして物体に近づき、接触感覚器と素粒子探知器官でそれに触れた。

その瞬間、金属的な声が響いた。その声はブースの床から聞こえてくるようだった。なにをいっているかはわからなかったが、高くなったり低くなったりが二回くりかえされたことから、サグス＝レトは、これはふたつの文だなと思った。

突然、台座が内側から発光しはじめたかと思うと、3Dヴィデオ・キューブのようなものに変化した。その内部に、台座の上に立っている物体のちいさな3Dスケルトン模型があらわれた。筒の上部の穴の前にエネルギー渦巻きができ、目に見えない力によって筒のなかに吸いこまれていく。そして、下部の穴のうしろで、ちいさな稲妻の火花が散った。

およそ一万五千分の一日後、スケルトン模型が消えた。

ケルマ＝ジョはブースからあとずさりして出てくると、いった。

「あれは、あの物体の意味を実演して見せただけのものだ。説明がわかれば、あれがなんなのかわかるんだが」

「わたしの説が正しくなかったことが証明された」と、サグス＝レトが答える。「あの物体はまちがいなく、高エネルギー性の力で作用する機能を持った装置だ」

「じゃ、この空間全体が機械やユニットの巨大展示場なんだね」と、ケルマ＝ジョがほっとした声でいう。「恐がる必要はないんだ」

「先に進もう！」セト＝アポフィスの影響下にあるサグス＝レトがうながす。「謎の解明に決定的に役にたつものがどこかにきっとある。われわれに理解できるものが」

8

どの物体を見てもさっぱり理解できず、くわしく調べる気にもなれない時間がしばらくつづいた。やがてかれらは、直径およそ二長単位の鋼製シリンダーがあるブースにやってきた。

内壁の厚さはおよそ十分の二長単位、シリンダーの長さはおよそ十分の四長単位だった。鋼は磨きあげられ、投光器の光のなかでコバルトブルーの光沢を見せている。

物質暗示者たちはブースの前に立ち、視覚触角と素粒子探知器官を動かしていた。

「鋳造されたエレクトロン鋼だ」やがて、サグス＝レトがいった。

「高合金鋼だな」と、ケルマ＝ジョが補足する。「ニッケル、クロム、コバルト、タングステン、モリブデン、バナジウムが比較的高い割合ではいっている。このような鋼は摩耗や熱に強いため、マイクロプロセッサ制御の金属加工用高速ベルトコンベアで使う旋盤ロボット、フライスロボット、穿孔《せんこう》ロボットにとくに適している」

「そんなものをふつうの筒に加工するのはむだづかいだ」と、サグス＝レト。「つまり、この筒は第一印象とはまったく違う意味を持っているはず」

「サグス＝レト、筒のなかにはなにもないぞ」と、ケルマ＝ジョが興奮しきっていう。

「電子一個さえない。絶対的な無だ」

「だけど、それはありえない」と、サグス＝レトが反論する。「絶対的な無というのは存在しない」

ここにもエネルギー渦巻きが境界をつくっていたが、かれはそれを気にせずブースにはいった。筒の前で立ちどまり、素粒子探知器官を開口部へとのばす。

その瞬間、かれは、漆黒の闇のなかに浮かぶ、水色にまばゆく輝く球の内部にいた。

金属的な声が響きはじめ、意味のわからない言語を話しているあいだに、かれの前の暗闇にサル型生物の巨大な顔があらわれた。サル型生物特有の、幅のせまい嗅覚器官。目は顔の眼窩《がんか》におさまっていて、隣りあってふたつならんでいる。嗅覚器官の下には一対の唇があり、貝のようなかたちをした耳が顔に接している。

声が鳴りやんだ。暗闇が顔をおおい、かき消した。

サグス＝レトはふたたび筒の前に立っていた。素粒子探知器官をひっこめ、ケルマ＝ジョに目を向けると、

「なにか見えたか？」と、たずねる。

「いいや。声が聞こえただけだ」と、ケルマ＝ジョが答える。「残念ながら、今回もな

にも理解できなかった」

「それで、わたしはしばらく姿を消していたか？」

「いいや、ずっとそこにいたよ」

「じゃ、あれは、わたしの素粒子探知器官に働きかけてきた幻覚にすぎなかったのか」

と、サグス＝レト。「わたしは水色に輝く球のなかにいた。そして、声がしているあいだ、暗闇のなかにサル型生物の顔があらわれたんだ」

「おそらく幻覚だろう」と、ケルマ＝ジョ。「きみの話から判断すると、それは友好関係にあるサル型生物の顔ではないようだが」

「そのとおりだ」と、サグス＝レト。「ニンドロ人の顔にほんのすこし似ていたが、ニンドロ人はちいさな黒点のついた白い肌をしているのに対して、あの顔は赤みがかった褐色だった。われわれが知っている種族にそんな肌の色をしている者はいない。だが、それはべつとして、あの幻覚はなにを訴えようとしていたんだろう」

「もしかすると、ポルレイターはサル型生物なのかも」と、ケルマ＝ジョ。

「それはわからない」と、サグス＝レトが答える。「だけど、自己紹介するためだけに、あれほど高度なハイパー物理学的テクニックを使って手のこんだことをするだろうか。影像か、単純な3Dプロジェクションで充分じゃないか」

「ほかのサル型生物を紹介するためだとしても、それで充分だっただろうな」と、ケルマ＝ジョ。

「たしかにそうだ」と、サグス＝レトも認めた。「多大な努力をしてこんな幻覚をつくりだしたのは、ポルレイターがそこにこめたメッセージの重要性を強調しているためかもしれない」

「言葉がわかればそれもわかるんだが」と、ケルマ＝ジョ。「言葉がわからないんだから、その幻覚にどんな意味がかくされているかも理解できないだろうな」

「たぶんそうだろう」サグス＝レトはがっかりした声を出す。「先へ進もう！」

そのほかに重要だと思われるものが見つからないまま、レーンの末端まできてしまった。

「われわれにとって重要な情報は、この青いセクターにはないのかもしれない」ケルマ＝ジョがいう。「この道を通って、あのグリーンのセクターに行ってみないか？」と、ヌグウン・ケールのアームで、大きなカーブを描いて四十長単位ほど低い区域へとつづいているくだり坂の道をさししめした。その区域の床と部屋は、全体が暗緑色に見えた。青いセクターと違い、投光器で照らしても弱い反射しか返ってこない。

「いいとも！」サグス＝レトが答える。

かれはその道に足を踏みいれた。大きくカーブを描いているおかげで、わずらわしい高低差で苦労することなく、四十長単位ほども低い場所まで行くことができる。

　ほんの千分の数日後には、かれとケルマ＝ジョはグリーンのセクターの前に立っていた。だが、はいろうとすると、しずく形の物体を輝く糸で連ねた網が人工天空からおりてきて、入口が封鎖されてしまった。

「これは明らかに、このグリーンのセクターにはいるなというしるしだな」と、ケルマ＝ジョがいう。「この網はどこからやってきたんだろう。とにかく、人工天空には発光する糸なんてなかったぞ。それに、なんて細さだ！　せいぜい千分の数長単位の太さしかない」

「たぶん、ついさっきまでは光っていなかったんだよ。だから気づかなかったんだ」と、サグス＝レトは答え、発光する糸にぶらさがっているしずく同士がぶつかりあってたてる、心地よい響きに耳をかたむけた。「このカーテンがわれわれの行く手をふさいでいるとか、先へ進むなと警告しているようには思えないんだが」

「わたしもそんな気がしてきた」と、ケルマ＝ジョ。「この響きはなんだかわれわれを歓迎しているみたいに聞こえる。糸がはげしく震えてしずくがぶつかりあうことで、意図的に音が生みだされているんだ」

　突然、何本かの糸で固定された大きなしずくが落下してきた。すると、耳ざわりな声がまた聞こえた。

「さっきの守衛ロボットの声みたいだ」と、サグス＝レト。「それに、守衛ロボットと同じことをしゃべってる」

「これもやっぱりわからない」と、ケルマ＝ジョ。

「守衛ロボットの言葉は、歓迎のあいさつだったとしか考えられない」と、サグス＝レトが説明する。「そうでなければ、われわれはとっくの昔に攻撃をうけているはずだ。だから、しずくもわれわれを歓迎しているのさ」

「だけど、カーテンはおりたままだぞ」と、ケルマ＝ジョが反論する。

その言葉がスイッチを切りかえたかのように、発光する糸につながれたしずくが浮かびあがって、人工天空へと消えていった。

言葉を発した大きなしずくだけは、サグス＝レトの頭上にとどまって同じ言葉をくりかえしている。

「グリーンのセクターに、われわれを招待しているんだ」と、サグス＝レトはいい、しずくに導かれるままに進んでいった。

ケルマ＝ジョはかれについていった。二名がグリーンのセクターにはいると、しずくは沈黙し、上へと消えていった。

＊

青のセクターと同じように、ここにも放射状にひろがるレーンが六本あり、その両側には等間隔でブースがならんでいた。青のセクターでもそうしたように、ここでもダルゲーテンたちは左はしのレーンを進んだ。

「どこを見ても床が完璧にきれいだってことに気づいたか?」と、ケルマ＝ジョがたずねる。「塵《ちり》ひとつ落ちてない」

「きっと整備ロボットがいるんだろう」と、サグス＝レト。「その姿が見えないのは、訪問者がいるときには作動してはいけないことになっているからかもしれない」

「それじゃ、どうして照明も整備しないんだろう」と、ケルマ＝ジョはたたみかける。

「こんな大きな展示場に照明が用意されていないなんて、考えられない」

かれは投光器を上に向けると、左右に旋回させた。やはり目を上に向けていたサグス＝レトは、頭上の人工天空からひそかな敵意が放射されているのを感じてぎくりとした。そのうえ、人工天空が以前よりも大きくなったように思われた。まるで、日の出とともに巨大な花が開くように。

「どうして突然、人工天空が敵意を持っているように見えてきたんだろう」ケルマ＝ジョがかすれ声でいった。「さっきまでこんな感じじゃなかったのに」

「たんなる思いすごしかもしれない」と、サグス＝レト。「きみはさっき、わたしになにかを見せようとしたんじゃないのか?」

「そうだった、サグス＝レト。あそこの上のほうに、クレーターみたいな黒い窪みがいくつかあるのが見えるか？　あれは核太陽プロジェクターかもしれない。昔、あれがこの世界を照らしたり暖めたりしていたのかも」

「ありえるな」と、サグス＝レト。

「だとすると、何千年かのあいだに故障してしまったんだ」と、ケルマ＝ジョ。

「ぜんぶが？」と、サグス＝レトは疑いをさしはさむ。「そうは思えないな。特別なやり方でプロジェクターを作動させれば、核太陽を人工天空につくりだせるんじゃないだろうか。ただ、われわれはそのスイッチを知らないし、それを作動させるセンサー・プレートのありかもわからない」

かれは先へ進み、レーンの右側にある最初のブースをのぞきこんだ。グリーンの床から、木の幹のようなものがつきでていた。グリーンと金色の縞模様がついたその木は、一長単位の高さで枝分かれして樹冠をかたちづくっていた。明るいグレイの〝枝〟はまるでヘビのように見え、実際、枝の先端は、口を大きく開いてふた股に分かれた舌をつきだしたヘビの頭のかたちをしていた。

最初、サグス＝レトはこの木を本物だと思ったが、素粒子探知器官で調べた結果、さまざまな金属ないし合金で組みたてられたものだとわかった。

グリーンの縞の部分は純銅の層だった。地下世界の大気中の湿度が高いため、表面が塩基性炭酸銅の被膜におおわれている。金色の縞の部分は金とパラジウムの合金で、明るいグレイをしたヘビのからだの部分はニオビウムでできている。

「これは大昔のものだ」と、サグス＝レトの隣りでケルマ＝ジョがいう。「いままで見てきたどの展示物よりもずっと古い」

まったく同じことを、サグス＝レトもちょうど考えていた。どうしてだろう、と、不思議に思った。このヘビの木が古いかどうか、素粒子探知器官ではわからなかったのに。結局かれは、このヘビの木にはなにか、青のセクターの展示物よりも古いと感じさせるオーラのようなものがあるのだろうという結論にいたった。

サグス＝レトは、向かい側のブースのほうへ向きなおった。そこに浮かんでいる大きな透明の球と、そのなかで光っているクリスタルを不思議な気持ちで眺める。

ケルマ＝ジョがかれを追いこし、前半身をブースに押しこんだ。すると突然、球のなかのクリスタルが動きはじめた。奇妙で謎めいたシンボルをかたちづくるように見えたかと思うと、すぐにまた新しいかたちになる。

それにあわせて、ふたたびあの金属的に響く声が聞こえてきた。なにかを説明しているようだが、ダルゲーテン二名には理解できない。

「さっぱりわからない」ケルマ＝ジョが悄然《しょうぜん》としていう。

「でも、これにもなにか、すごく古いものだと感じさせるオーラがある」と、サグス＝

レト。「もしかしたら、これはグリーンのセクターの展示物すべてにあてはまることかもしれない」

その後さらに各ブースを見てまわった結果、この推測が正しかったことがわかった。すべての展示物に、これは大昔のものだという確信をいだかせる不可解なオーラがつきまとっていた。しかも、それらは青のセクターの展示物よりも精巧につくられていた。細部が非常に複雑なつくりのものもあった。

だが、ヘビの木はべつとして、ダルゲーテン二名はまったくお手あげ状態だった。それらはかれらの想像力をはるかにこえていた。どんなにがんばっても、見たものをほんの一瞬、記憶にとどめておくことさえできなかった。慣れ親しんだもの、あるいはすくなくとも既知のものとの連想を呼びおこすところがまったくない物体を、かれらの脳はそのほんの一部分でさえ記憶することができなかった。ほんの一瞬、幻のような印象が網膜にのこるだけで、それはすぐに色あせてしまった。

サグス＝レトとケルマ＝ジョは、展示物をひとつずつ丹念に見たり、その意味について考えをめぐらしたりするのをやめた。まして、素粒子探知器官を使って調査する気にはとてもなれなかった。そんなことをしていたら理性を失ってしまいそうだった。かれらはできるだけ急いで各ブースを通りぬけた。なにかをくわしく調べるために立ちどまることはめったになかった。

三番めのレーンのまんなかにさしかかったときだった。あるブースの前でかれらは驚いて立ちどまった。そこはこれまでのどのブースよりもかなり大きかったが、かれらが立ちどまったのは大きさのせいではなかった。床が浴槽のかたちに窪んでいて、そこにはられた湯から湯気がたちのぼっていたのだ。

「お湯だ！」うっとりした声でサグス＝レトがいう。「やっとまた温かいお湯に出会えた！」

かれもケルマ＝ジョも、この誘惑には勝てなかった。かれらはヴァイザーを開けてヌグウン・ケールから出ると、長いあいだ恋いこがれていた元素のなかに飛びこんだ。冷えきった皮膚を温めてくれるだろう元素のなかに。

それだけに、湯だと思ったものがねばねばした生物だったとわかったときの驚きと恐怖はいっそうはげしかった。その生物はいったん浴槽の底にまで後退したかと思うと、いっきにかれらに襲いかかった。

あぶなかった。呼吸孔を粘液でふさがれたため、物質暗示によってとっさにその危険な物質を無害なものに変えられなかったら、窒息してしまうところだった。

だが、千分の一日後には、その生物ははげしく痙攣《けいれん》しながらふたたび粘液を吐きだしはじめた。かれらはブースの外からそれを見守った。ねばねばした生物は、まるまったり、ふたたび溶けてひろがったりを必死にくりかえしている。

その原因は、かれらのトリプリード六匹だった。ねばねばした生物に襲いかかり、むさぼり食っていたのだ。危険をものともしていないが、その生物がパニックにならなかったら、実際、トリプリードたちのほうがあぶなかったかもしれない。

その光景にサグス＝レトとケルマ＝ジョはショックをうけたが、ようやくたちなおると、トリプリードたちを呼びもどした。自分を躊躇なく殺そうとした粘液状の生物の死を、かれらは望んでいなかった。ダルゲーテンは復讐心というものを知らないのだ。

だが、このショックの影響は最悪のかたちでやってきた。ヌグウン・ケールにふたたび乗りこもうとしたときだった。最初、かれらは生殖孔に脈打つような痛みを感じた。痛みはしだいに強くなり、ついには生殖孔から、まだ幼生の状態のちいさな胎児が出てきた。

〝流産〟の恥辱を味わった衝撃で、ダルゲーテン二名は仮死状態におちいった。奇蹟のような事態が起きなければ、そのまま死んでしまっていただろう……

9

〝奇蹟〟はある上位存在によってひきおこされた。その者は、物質の窪地になるのを恐れるあまり、おのれの具体的な存在形態と卓越した能力にふさわしい段階よりも、ずっと古い進化段階に逆もどりしたような行動をくりかえしている。

その上位存在、つまりセト＝アポフィスは、物質暗示者二名を見つけたとき、ついに協力者を発見したと確信した。この協力者がいれば、ポルレイター捜索に決定的成功をおさめることができる。かつてあれほど強大だったポルレイターのかくれ場をテラナーに見つけだされることを阻止するためには、この二名の援助が必要だ。

ダルゲーテン二名への洗脳コンタクトが突然に切れたとき、超越知性体は持てる力をさらに振りしぼった。

それがダルゲーテンの神経系にショックのように作用し、このショックが、サグス＝レトとケルマ＝ジョを仮死状態におとしいれたショックを相殺した。二名の硬直は解け、あらたな生命インパルスの波がそのからだを満たした。

かれらが意識をとりもどしたとき、セト＝アポフィスの影響力は以前よりも強まっていた。かれらの頭のなかにはもう、ポルレイターの基地の捜索をつづけようという意志しかなかった。とくに、ポルレイター自身のかくれ場の発見につながる手がかりを見つけなければ、と。

地面に散らばってすでに干からびかけているちいさな胎児たちに目もくれず、かれらはヌグウン・ケールに乗りこんだ。ヴァイザーを閉じると、トリプリードたちがやってきてよじのぼった。

速度をあげるため、サグス＝レトとケルマ＝ジョは今回は飛翔装置を作動させた。かれらはセト＝アポフィスから、ポルレイターの基地には中枢部があるはずで、そこがいちばん探し甲斐《がい》がある、と、吹きこまれていた。

かれらは大きくカーブを描くくだり坂を通って、次々に色の異なるセクターへと降りていき、ついに黄色のセクターに到達した。そこで巨大設備を見つけたとき、かれらは、ついにポルレイターの基地の中枢部にまでやってきたのだと思った。

このセクターにもレーンやブースはあったが、その奥に、立方体のかたちをした建物や塔やドームの集まりがそびえていたのだ。そこまで投光器の光がとどかなかったので、ほとんどはぼんやりとしか見えなかったが。

「あの部屋が見えるか？」巨大建物群へとつづくレーンにそって飛行しながら、ケルマ

＝ジョがたずねた。

サグス＝レトは、パートナーの視覚触角がさししめしている方角を見た。そこにはまったくふつうの展示ブースが見えた。ただ、そこに展示してあるものがふつうではなかった。これまでに見てきたものと違い、それがなにをあらわしているのか想像がついたからだ。

「門だ」と、かれはいった。「だが、奇妙な門だ。柱のほうが入口そのものよりも幅がひろい」

ダルゲーテン二名はそのブースに近づき、開けた側の前で地面に降りたつ。

「これは以前、もっと大きな建築物の一部だったにちがいない」と、ケルマ＝ジョがいう。

「たぶん、入口だ」と、サグス＝レトが答える。「切妻の大きな帯状装飾を見れば、これが以前どんな建物の一部だったのかわかるかもしれない。まんなかの大きな浮き彫りは、サル型生物の上半身のように見える」

「羽の生えたサル型生物だ」と、ケルマ＝ジョが補足する。

サグス＝レトは視覚触角をブースのなかまでのばし、切妻を四十八平方長単位にわたって飾っている三段の浮き彫りを観察した。

「サル型生物だけじゃない。ネコ型生物も、恐竜型生物も、クマ型生物もいる。さらに、未知の原型知性体の浮き彫りもある」と、かれはいった。「奇妙だ！　この門は、巨大な一枚岩からつくられたモノリスに見える。だが、巨石建造物なんて原始文明にしか見られないものだ。高度な文明ならプラスティックとかメタルプラスティックを使う。だが、こんなに多くの種族の代表者をあらわした浮き彫りは、この文明が宇宙航行できる他惑星の知性体とコンタクトしたことを証明しているように見える。矛盾している」

「たしかにそうだ」と、ケルマ＝ジョ。「わたしにもその矛盾は説明できない」

「ちょっとどいてくれ」と、サグス＝レト。「門に触れてみたい」

ケルマ＝ジョが自分のヌグウン・ケールをすこし左へよせたので、サグス＝レトは石づくりの門のすぐ前にまで近づいた。接触感覚器をのばし、浮き彫りの像に触れる。

次の瞬間、かれの心の目に、ドーム形のテントがならぶひろい平原がうつった。テントは、円形の広場をかこんで輪になっている。テントと広場のあいだに、高度な技術を推測させる機器がならんでいる。機器のうしろや横には、全身を宇宙服につつんださまざまな生物が立っている。

広場の上に突然、球状の雲があらわれた。最初は白かったものがだんだん黒雲に変わっていく。

テントの輪の外に毛皮を着たサル型生物を大勢見つけ、サグス＝レトの注意はそちらにひきつけられた。生物たちは広場で起きていることを見守っているようだ。それに気をとられていたので、かれは球状の雲が崩壊するところを見のがしてしまった。

雲がきれぎれになり、四方八方に飛びちっていくところしか見えなかった。毛皮を着たサル型生物が逃げていくのが見えたと思った瞬間、この奇妙な幻覚は消えた。

「浮き彫りに描かれた種族の者たちがどこかの惑星に集まって、いっしょに謎めいた活動をしていた」サグス＝レトはブースから出ると、そういった。

＊

サグス＝レトがまだその謎めいた活動の意味を考えているあいだに、最初の大きな建物の前まできた。赤くかすかに光る巨大なドームを、投光器の光が照らしだす。その光景を見て、かれはさっきの幻覚を忘れてしまった。かれらはドームへと急いだ。

そこにつくと、ヌグウン・ケールを上方に操縦し、まずは外から観察することにした。すると、てっぺんに、直径五長単位ほどの大きさのぎざぎざの穴があいているのが見つかった。その穴から最大十八長単位にわたって、ひびや裂け目が放射状にはしっている。

もしやと思い、かれらは投光器を上に向ける。

「思ったとおりだ」と、サグス＝レト。「人工天空がひろい範囲にわたってずたずたになっている。おそらく、大地震があったんだ」

「でもって、その地震で上から大きな岩石が崩落し、それがドームをつきやぶったんだろう」と、ケルマ＝ジョが補足する。

「このドームがなにに使われていたのか知りたいな」と、サグス＝レト。

「そもそも、なかにはいれるかどうか」と、ケルマ＝ジョが懐疑的にいう。「たいていの知性体は、われわれの感覚器しかはいらないようなちっぽけなドアをつくるからな」

かれらは地面に降り、ドアを探した。すぐに見つかったが、それはダルゲーテンには高さも幅もちいさすぎた。次に見つかったものも同じだったが、やがて、幅六長単位、高さ五長単位のドアが見つかった。

エレクトロン開閉装置を操作すると、ドアは両側にスライドして開いた。ヌグウン・ケールの投光器が照らしだしたのは、格納庫の内部だった。さいわい、なかはからっぽだったから、障害物の除去を考える必要はない。

サグス＝レトとケルマ＝ジョは格納庫にはいり、あたりを見まわす。壁に、ぜんぶで七つの出入口がある。そのうちの六つは反重力リフトの出入口で、ダルゲーテンにはちいさすぎた。だが、七番めのは、幅四長単位、高さ四長単位の通廊につながっている。通廊と同じ幅の搬送ベルトがついているが、作動していない。

「たぶん、比較的大きなものが搬送されていたんだ」と、ケルマ＝ジョ。

「わたしもそう思う」と、サグス＝レト。「この基地はもうずいぶん長いあいだ使われていないようだ」

「そうでなければ、人工天空もドームの屋根も修理されているはずだ」と、ケルマ＝ジョ。「当然、照明も」

「ここがもう使われていないのは、われわれにとってはたぶん好都合だ」と、サグス＝レト。「でなければ、はいれなかっただろうから。先へ進もう、ケルマ＝ジョ！」

かれらは前後にならんで通廊を浮遊していった。一万分の数日後には、コンソールやデータ・スクリーンがずらりとならんだ大ホールに出た。

「司令本部だ！」と、サグス＝レトは勝ちほこったようにいい、パートナーに道をあけるためにわきへしりぞいた。「このポジトロニクスのなかには、十の二十乗もの貴重な情報がつまっているにちがいない！」

「トランスレーターがなければ理解できないけど」と、ケルマ＝ジョが指摘する。

「このポジトロニクスがどうプログラミングされているか、どんなセキュリティがあるかを解明できれば、すぐに翻訳回路を構築できるさ」と、サグス＝レト。「もちろん、ポルレイターの言語を知らなければその作業には十分の一年かかるだろう。でも、すくなくとも不可能じゃない。まずはかれらのプログラミングを見てみよう！」

ダルゲーテン二名は素粒子探知器官に意識を集中し、素粒子および素粒子間に働く諸力を感知する繊細なセンサーを働かせた。軟体動物の子孫たちの意識が司令本部の大ポジトロン脳にはいりこみ、エレメントからエレメントへと手探りで進んでいく。

かれらはまず、ポジトロン発生源に近づいた。ここで電子線がタングステンの導線に触れ、プラスの電荷を帯びた電子、つまりポジトロンが生まれる。ポジトロンは反物質だから、電子と衝突すると対消滅《ついしょうめつ》を起こしてエネルギーを放出するため、このポジトロニクス内では強力な磁場管のなかで加速される。これが同時に、電子との衝突を防いでいるのだ。ポジトロンは複雑なポジトロン脳の内部で役目を終えると、エネルギー性混合室のなかで高速に加速された電子と混合される。それにより、超高温の電子・陽電子ガスが発生し、そのなかで電子とポジトロンが限界層内部の対消滅によって分離されるため、物質と反物質の爆発的反応を避けることができる。限界層のなかで発生する超高温は、電磁流体力学発電機の強力な横磁場を通過するさいに、電気エネルギーに変換される。

活性化したポジトロンとそれによって制御される機能エレメントの作用フィードバックから、それをひきおこしているプログラミングを推論するのは、ダルゲーテン二名にとってとくに困難な作業ではなかった。というのも、一ポジトロニクスのなかでプログラミングが停止することはなく、つねに作動状態がたもたれているからだ。

一日たらずのちには、全体像をほぼ把握していた。かれらは素粒子探知器官をひっこめ、脳内に蓄積した大量の情報を整理するために、しばらく沈黙していた。

沈黙を先に破ったのはケルマ＝ジョだった。

「落下した岩石が保安関連の実行回路を破壊していたのは運がよかった」と、かれはいった。「どんなプログラミングか、きみにもわかっただろう、サグス＝レト?」

「ああ」と、サグス＝レトはいった。「反物質地雷だけじゃなかった。部外者を撃退するために、ハイパーエネルギー・バリアまで作動するはずだった」

「そしたら、われわれ、いまごろ死んでいた」と、ケルマ＝ジョ。

「部外者がすべてのバリアを突破して基地内に侵入してきた場合に捕縛するための、特殊ロボットも用意されていた」と、サグス＝レトが説明する。「ポルレイターは、思っていたよりさらに悪辣《あくらつ》だ。悪意のない無害な訪問者に死の罠をしかけるとは、邪悪さのしるしだ」

「良心のかけらもない犯罪者だ」と、セト＝アポフィスの影響下にあるケルマ＝ジョがいう。「かれらと同盟を結んでいるテラナーも悪辣だ。かれらと遭遇したら、躊躇なく戦う」

「われわれならできるかもしれない」と、サグス＝レトが答える。「もうひとつ。方位測定できる道しるべのようなものがどこかにあることを意味しているとしか思えないプログラミングがあった。その装置を見つけて作動させることができれば、きっと役にたつはずだ。ケルマ＝ジョ、トリプリードたちの餌と地上への道を見つけなきゃ。できれば、反重力リフトを見つけたい」

「われわれが乗れるほど大きな反重力リフトがここにあればの話だ」と、ケルマ＝ジョが答える。「ドアやコンソールの高さやその前に置かれた椅子の大きさから考えて、ポルレイターはダルゲーテンよりもずっとちいさいと思う」

「そんなことをいまから心配しても意味がない」と、サグス＝レトはいった。「まず道しるべを探そう。それから、先のことを考えよう！」

10

道しるべがこの最大のドーム建物のなかにあるかどうかはわからなかった。だが、そんなことは重要ではなかった。かれらの大きなからだでは、ほかの通廊は通れないから、この建物のなかではいれる部屋はどのみち司令本部しかない。

そこで、なにもない場所を探すことになるかもしれない場合をあらかじめ考慮にいれつつ、ほかの建物を見てまわることにした。

比較的ちいさなドームにはいってみた。大きなドアからなかにはいると、照明がついた。同時に、低い継続的な振動音が聞こえてくる。機械の音だ、と、かれらは思った。そのドームには円形の部屋がひとつあるだけだった。部屋の中央に、直径十五長単位ほどのメタルプラスティック製プレートがある。プレートのはしに、正確に向かいあう細い金属の柱が二本、立っている。物質転送機の原理を知らないサグス＝レトとケルマ＝ジョは、これもポルレイターの展示物のひとつなのだろうと推測した。

「このプレートの上に立てば、なにか情報を得られるかもしれない」と、サグス＝レトがいう。

かれらはプレートの上まで浮遊してから飛翔装置を切って下降した。プレート表面に触れた瞬間、人工這い足のセンサーが、プレートが振動しているという情報をかれらに伝える。同時に、けたたましいサイレンの音が鳴りひびき、天井の鏡面部分に真っ赤な光が点滅しはじめた。サイレンが鳴りやむと光も消え、金属的な声がなにか意味のわからない言葉を発した。

「この情報からなにかわかることがあるか？」ケルマ＝ジョがかっかりした声でいった。

それに答えようとしたとき、サグス＝レトは柱二本が赤く光っていることに気づいた。柱の上部からまぶしく揺らめく収束エネルギー・ビームがはなたれて内側へ屈折し、自分とパートナーの上で収束するのを、かれは硬直したまま見つめていた。

ひきさくような痛みが全身にはしるのを感じ、かれはからだをまるめた。次の瞬間、痛みはおさまり、収束エネルギー・ビームは消えた。二本の柱だけがまだ暗赤色に光っている。

ダルゲーテン二名は急いでプレートからはなれた。

「悪い冗談だった」と、ケルマ＝ジョがいう。「死ぬかと思った。結局なにも起きなかったけど」

「いや、なにかが起きた」サグス＝レトはうつろな声でいうと、視覚触角を左側の壁へ向けた。「さっきまでなかった出入口が見える。その奥に見えるものはプロジェクションにちがいない。あれがほんものなら、このドームは実際よりも大きいことになってしまう」

「でも、ほんものみたいに見えるぞ」と、やはり出入口の向こうを見ながらケルマ＝ジョが答える。そこに見えているのは、グリーンに光る鋼でできた、幅のひろいテラスだった。その向こうには、底なしのように見える深淵が口を開けている。

ケルマ＝ジョは好奇心に駆られて出入口から外へ出ると、飛翔装置を切った。

「これは光学的投影じゃない。物質プロジェクションだ！」ヌグウン・ケールの人工這い足がかたい床に触れたとき、かれはサグス＝レトにそう呼びかけた。

「これには意味があるにちがいない」サグス＝レトもパートナーのあとにつづいた。パートナーとならんで、深淵をのぞきこむ。見ていると目眩《めまい》がする。深淵はむらさき色の薄明かりに満たされ、無限の深さにまでつづいているように見える。その薄明かりのなかに見えるものは、はるか彼方のコバルトブルーの光輪だけだった。

澄んだ音が鳴りひびいた。ダルゲーテン二名はどこから聞こえてくるのだろうとあたりを見まわしたが、わからなかった。深淵は垂直方向だけでなく水平方向にも無限につづいているようだったが、その水平方向の無限の彼方から、ひとつの影が近づいてきた。

「あれはなんだ？」仰天したケルマ＝ジョがいう。「サグス＝レト、逃げよう！　流産の恥辱を経験しただけでもう充分じゃないか。〝名状しがたき力〟にかけて、どうしてわたしはそれをいまになって思いだしたんだろう」

かれとサグス＝レトがそれを思いだしたのは、もちろん、セト＝アポフィスがはかりがたい理由から洗脳コンタクトをふたたび切ったために、かれらが精神の自由をとりもどしたからだった。

サグス＝レトは近づいてくる影に対する恐怖をしばし忘れた。流産がもたらした恥辱を思いだしたのだ。ダルゲーテンは子供の面倒をみないから、胎児の死にショックをうけたわけではない。かれにとって重要な問題は、これで成年の身分を得られる時期が遅れてしまうのだろうかということだけだった。

さしせまった現実にふたたび目を向けたとき、かれは、影のように見えたものが大きな鋼製の壁だったことに気づいた。急速に近づいてくる壁の上で、色とりどりに光る無数のセンサー・ポイントが複雑なパターンをかたちづくっている。

「コントロール・パネルだ」と、かれはいった。

壁は速度を落としながら近づき、テラスのはしでようやくとまった。すこし動揺しながらも、ダルゲーテンたちはセンサー・ポイントを注意深く観察した。

「お手あげだ」とうとうケルマ＝ジョがいった。「なにが起きるかわからないのに、むやみにセンサー・ポイントに触れるわけにはいかない」

いつもの習慣に反して、サグス＝レトはセンサー・ポイントの機能を素粒子探知器官で調べなかった。流産がもたらすであろう結果を考えていたときに、思わず感覚器をひっこめていたのだ。

そのため、純粋に視覚によってのみ把握したので、センサーのパターン全体を見わたすことができた。かれは、このパターンのことしか考えられなくなってしまった。

それと気づかないうちにまわりの世界がしだいに遠のいていき、やがて、センサー・ポイントのパターン以外のものはなにも知覚できなくなった。

すると突然、サグス＝レトの脳は、情報をすさまじい速度で記憶する高性能ポジトロニクスのように機能しはじめた。基地やそのさまざまな建物の映像が鮮明に〝見えた〟。そのなかにひとつだけ、用途のよくわからない施設がある。その後、すべての施設の映像がめまぐるしくいれかわった。そのなかである施設だけ、ほかよりもはっきりと〝見えた〟。直方体のかたちをした建物が眼前に姿をあらわしたのだ。それから、まるい窓がたくさんついた鋼製の壁がそびえるのが見えた。

サグス＝レトはその光景をうっとりと見た。理由はわからなかったが、その鋼の壁は不気味であると同時に魅力的に見えた。まるで、そこからなにかが呼びかけてくるようだ。と同時に、不毛な死がじっとこちらを見つめているような気がした。

しばらくのあいだ、かれはすべての感情を失っていたが、ついに誘惑に負けた。その瞬間、どぎつい光がコントロール・パネルの上で点滅したかと思うと、鋼の壁の映像が消え、澄んだ音とともにコントロール・パネルが遠ざかっていった……

＊

「サグス＝レト、ここはどこだ？」ぎょっとしてケルマ＝ジョがいう。

サグス＝レトははっとわれに返り、視覚触角をうしろに向けた。というのも、眼前の光景はなにも変わっていなかったからだ。ただコントロール・パネルはどんどん遠ざかっていき、もう暗い光の点のようにしか見えなくなっていた。

だが、かれらのうしろに、プレートと柱二本のある部屋はもうなかった。そこには立方体のかたちをした小部屋があり、そのなかへ天井から、底に楕円形の穴があいた円柱がのびている。

「反重力リフトの入口だ」と、サグス＝レトがいう。

「でも、われわれ、どうやってここまできたんだろう」と、ケルマ＝ジョがたずねる。

突然、サグス＝レトは、そこがさっきの幻覚に出てきた直方体の建物のなかだと気づいた。丸窓がたくさんついた鋼製の壁を見るすこし前に見えたものだ。

「わからない」と、答える。「だが、この謎めいた移動をひきおこしたのはわたし自身だと思う。わたしはコントロール・パネルに意識を集中した。すると突然、まず直方体のかたちをした建物が見え、それから、閉じた丸窓がたくさんついた鋼製の壁が見えてきたんだ」

「わからないな」と、ケルマ＝ジョが不思議そうにいう。「わたしもコントロール・パネルに意識を集中し、それが視覚的に見えるものとは違うということには気づいたが」

「素粒子探知器官を使ったんだな？」と、サグス＝レトがたずねる。

「ああ。きみは使わなかったのか？」

「使わなかった。思うに、だからこそわたしはあの道しるべの幻覚を見て、それからなんらかの方法でここへの移動をひきおこすことができたんだ。われわれダルゲーテンはなんでもまず物質を素粒子レベルで調査しようとするが、そのやり方は間違っているのかもしれない」

「きみはどうして、自分が移動をひきおこしたというんだ？」と、ケルマ＝ジョがたずねる。「たんにまわりが変化したとは思わないのか？」

「いいや。われわれが移動したからまわりが変化したんだと思う。それから、もしわれわれがこの反重力リフトに乗ることができたら、丸窓のついた鋼製の壁が見つかると思う」

「残念ながら、これではせますぎる」と、ケルマ＝ジョが答える。「だが、そもそもどうしてこんな背の低い建物に反重力リフトがあるんだろう。この上は屋根しかないじゃないか」

「しかし、なんとかしてあの鋼製の壁にたどりつかなければ！」もどかしそうにサグス＝レトがいう。「反重力リフトが使えなければ、外からでもいい」

かれはヌグウン・ケールを操縦し、ダルゲーテンでも充分に通りぬけられるドアを探した。そのとき突然、トリプリードたちがいないことに気づいた。パートナーのヌグウン・ケールを見ると、そこにもトリプリードたちはいなかった。

トリプリードたちはどこへ行ったんだと問いかけると、ケルマ＝ジョは、

「きみは気づかなかったのか。われわれがプレートの上に移動して柱が光りはじめたとき、いなくなった。遠くに行ったはずはないし、すぐにわれわれを見つけるさ。まわりのようすがすっかり変わっていたとしても」

サグス＝レトは目眩がした。トリプリードたちがいなくなったのは、場所の移動が一度ではなく二度起きたからだと、突然気づいたのだ。収束エネルギー・ビームを発する柱二本をそなえたあのプレートは、一種の輸送装置だったにちがいない。それがわれわれを第二の建物へと移動させた。そう考えれば、そこに第二の輸送装置があったのだろうという事実の説明もつく。

「なんという高度な技術なんだ！」かれはため息まじりにいった。

「なんのことだ？」と、ケルマ＝ジョがたずねる。

「説明はあとだ」と、サグス＝レトが答える。「まずは、鋼の壁を見つけないと。ここがまだ基地のなかなら、トリプリードたちはわれわれを見つけるだろう。ここにはわれわれの通れるドアがない。分子加速銃を使って壁を溶かそう」

「どうしてそんなに焦《あせ》ってるんだ」ケルマ＝ジョは批判的な口調でいった。

それでも、かれも自分の分子加速銃を、サグス＝レトが壊そうとしている壁に向けた。ダルゲーテン二名は同時に分子加速銃を作動させた。

壁は、かれらが考えていたよりもあっさり溶けた。まだくすぶっている壁の穴から、サグス＝レトは外へ出た。赤く光る巨大なドームが見あたらないのがわかったとき、興奮して呼吸孔から息を吐きだした。かれは高度をあげ、投光器を旋回させた。

はたしてかれらは、高さがおよそ百長単位もある直方体のかたちをした建物の正面にいた。正面の壁に開口部はない。

「サグス＝レト、これはあのちいさなドームじゃないな」追いついたケルマ＝ジョがいう。

「もちろんそうじゃない」サグス＝レトは不機嫌な声で答えたが、すこし考えてからいった。「すまないが、いまきみに説明しているひまはないんだ、ケルマ＝ジョ。まず、鋼製の壁を見つけなきゃならない」

「それはいったいどこにあるんだ？」と、ケルマ＝ジョがたずねる。

「ここだ！」サグス＝レトは接触感覚器で直方体のかたちをした建物をさししめす。

「どうやって開けたらいいのかわかったらいいんだが！」

「素粒子探知器官を使うのが間違っているとはかぎらないかもしれないぞ」と、ケルマ＝ジョが皮肉っぽくいう。「これから意識を集中する」

サグス＝レトも、素粒子探知器官で開閉メカニズムとエレクトロン錠を解明しようと試みる。だが、気ばかり焦ってうまくいかない。

かれが恥ずかしさのあまり素粒子探知器官をひっこめたとき、ケルマ＝ジョがいった。

「開け方がわかったぞ。思ったよりいい感じだ。見てみろ！」

サグス＝レトは建物の壁を見た。すると、壁の幅いっぱいの大きさの長方形のパネルが開き、大型浮遊機やその他の飛行マシンの着陸プラットフォームになっているのが見えた。このパネルにそれまでかくされていたものは、幻覚で見たあの鋼製の壁にほかならなかった。丸窓もたくさんついている。

「これからどうする、サグス＝レト？」ケルマ＝ジョがたずねる。

「この窓の向こうになにがあるのか、見つけだすんだ！」サグス＝レトは興奮して叫んだ。

11

「どうしてこんなことがありえるんだ！」素粒子探知器官で窓の向こうを〝のぞいて〟みたサグス＝レトはぎょっとして叫んだ。「原子や分子がまったく動いていない！　この向こうには空気だけでなく、蛋白質《たんぱくしつ》、核蛋白質、脂肪、炭水化物、酵素などの有機物に、鉱物塩や水もあるのに。あそこに一クロマントの質量を持った生物がいるぞ」

「わたしも同じことを確認した」と、べつの窓から〝のぞいて〟いたケルマ＝ジョが報告する。「窓の向こうにいる生物たちは死んでいるにちがいない。だが、一方、完全に新鮮な状態だ」

「停滞フィールドだ」と、サグス＝レトがいう。「原子と分子の動きを凍結できるのは停滞フィールドだけだ。原子核のまわりをまわる電子の動きまではとめられないが」

「じゃ、向こうにいる生物が死んでいるのか、それともたんに活動停止状態にあるのかはまだ断定できないな」と、ケルマ＝ジョ。

「生物たちを直接、見られるといいんだが」と、サグス＝レトがいう。

「窓をひとつ開けてみよう」と、ケルマ＝ジョ。「エレクトロン錠の解錠コードはもうつきとめてある」

「心配なことがある」と、サグス＝レトが答える。「どうして生物たちが停滞フィールドにいるのかわからない。もし死んでいないとしても、かれらを生きかえらせる権利がわれわれにあるのかどうかわからない」

「容器から出して観察しようというわけじゃないだろう」ケルマ＝ジョが反論する。「それはそうだ。でも、容器を開けたとたん、停滞フィールドが消滅するんじゃないか」と、サグス＝レトが答える。「もしわれわれが生物のひとりを目ざめさせたら、腹をたてるかもしれない。そうなったら意思疎通がむずかしくなる」

「そしたら、窓をまた閉めるんだな」と、ケルマ＝ジョ。「トランスレーターなしでは、どのみち意思疎通はむずかしいかもしれない」

「よし、いちかばちか、やってみよう」と、サグス＝レト。「まず、そっちの窓を開けてくれ」

ケルマ＝ジョは、エレクトロン錠を構成している物質の原子および素粒子の配置に意識を集中させ、グルーオンと電子に暗示をかけてその配置を変化させた。すると、エレクトロン錠は、たったいま解錠インパルス・コードを受信したかのように開いた。

窓の縁とパッキング・カバーが音をたててゆるんだ。窓はヒンジを支点にして上に開き、シリンダー状の空間があらわれた。

シリンダーのなかに表面がすこし窪んだ担架《たんか》のようなものがあり、その上に見たこともない奇妙な生物が横たわっているのが投光器の光で見えた。次の瞬間、二名はすこしあとずさりした。担架がぶーんとかすかな音をたててシリンダーから浮遊し、着陸プラットフォームにおりたからだ。担架のようなものは、じつは反重力プレートだったのだ。

サグス＝レトとケルマ＝ジョはその生物を見つめた。若干トリプリードに似ていなくもなかったが、重大な違いがいくつかあった。第一に、その生物はトリプリードよりもずっと大きかったし、トリプリードの胴が三つの節に分かれているのに対して、その生物はふたつの節に分かれていた。

体長は一・六五長単位くらいだろう。脚が二対ある。うしろ脚は短くがっしりしていて、関節にくっきりと刻み目がついており、足先は三つに分かれている。もう一対の脚はすこし長い。上半身は、前に向かって細くなっている。あるいは上に向かってというべきかもしれないが、それがあてはまるのは、この生物が直立歩行する場合だけだ。上半身には腕が一対ついていて、これにもやはり関節があり、腕の先にははさみのような六本指の把握手がついている。上半身のすぐ上に肥厚した頭部があり、大きな口とかたそうな顎、円形にならんだ青い目が八つついている。

キチン質の〝肌〟あるいは外骨格の色はおおむね白だが、顔は黄土色で、背中の大部分をおおっている殻は薄いグレイだった。

「八つ目でなかったら、有鰓類《ゆうさいるい》を原型とする生物に分類するんだが」と、ケルマ＝ジョがいう。

「脚の数も有鰓類とは一致しない」と、サグス＝レトが答える。「この生物は、われわれの知っている惑星とはまったく違う進化の過程をたどった世界で生まれたにちがいない。ケルマ＝ジョ、細胞呼吸がはじまったぞ！」

「わたしも感じた」と、ケルマ＝ジョ。

サグス＝レトは、素粒子探知器官にさらに意識を集中させた。だが、感じたのは素粒子の動きだけではなかった。とくに強く感じられたのは分子の動きだった。

「おもしろい」と、かれはいった。「この生物の生物学的酸化作用はわれわれとまったく同じだ。ダルゲーテンの場合と同じで、呼吸によってとりこまれて細胞に供給された酸素は、燃焼されるべき物質と直接反応するのではない。このプロセスはさまざまな呼吸酵素の作用ではじめて可能になる。

このプロセスの最後に、エンロッシュ呼吸酵素によってイオンに分解された酸素分子がシトクロムに伝達され、もう一方の体側《たいそく》から供給された水素がシトクロムの三価鉄を二価鉄に還元する。そのさい、水素の電子が奪われ、のこった陽子がイオン化した水素と結合して水になるのだ」

「わたしにも〝見えた〟」と、ケルマ＝ジョ。「われわれと同じように、酸素のとりこみによってではなく、水素のひきわたしによって生物学的酸化作用がおこなわれている。そのさい発生するエネルギーは、一部は細胞内活動に、一部はより高エネルギーの化合物をふたたび構成するために使われる。熱の発生は比較的すくない」

「つまり、この生物の物質代謝は機能しているということ」と、サグス＝レトがひと言でまとめる。「だが、機能しているのはそれだけのようだ。ぴくりとも動かない」

「生ける死体だ」と、ケルマ＝ジョが答える。

＊

「脳内の物質代謝も機能している。ちなみに、脳はからだと比較してかなり大きく、構造も複雑だ」さらにくわしく調べたのち、サグス＝レトはいった。「だが、大脳内にはまったく動きが見られない。大脳皮質の領域間でもなんの連絡もおこなわれていない。帯電した記憶分子も見つからない。この生物には意識も記憶もないようだ」

「だとすれば、自分のからだをコントロールすることはできない」と、ケルマ＝ジョ。

「繁殖することもできない。生命の定義の基準をいくつか満たしていないことになる」

「ぬけがらだ」サグス＝レトは苦々しい面持ちでいう。「だが、この生物が活動できさえすれば、基地のドアや反重力リフトに自由に出入りできるだろう。ところがわれわれときたら、活動はできても、大きすぎて、あちこちでつっかえてしまって身動きがとれない」

しばらく二名とも黙っていたが、やがてケルマ＝ジョがいった。

「前世紀、ツィボリト人で実験がおこなわれたな。人工脳細胞の集合体に意識をうつすという……」

「失敗に終わり、中止された」と、サグス＝レトが答える。

「そうだ。だがそれは、ツィボリト人の脳を人工脳の原子と素粒子の配置にあわせることが、技術的に不可能だったからだ。他人の脳の原子と素粒子の活動を直接に読みとることができ、それに自分の意識をあわせることのできる脳があれば、可能になる……たとえば、ダルゲーテンの脳のような」

サグス＝レトはぎょっとして息をのんだ。

「ケルマ＝ジョ、そのアイデアの倫理的・道義的側面についてはもう考えたのか？」

「ああ、その点については心配していない」ケルマ＝ジョが答える。「このぬけがらのなかには、われわれの意識をうけいれるだけの能力を持った脳がある。われわれがはいりこんでも、ぬけがらからなにかを奪うわけじゃない。その逆で、われわれがはいることによって、このぬけがらは生命を得るんだ。それに」と、興奮した口調でいいそえる。

「かれらのからだを借りれば、この地下世界から出られるかもしれないんだぞ！　恒星の光を浴びられない生活がこれ以上つづくかと思うと、気が狂いそうだ！」

「きみの話はわかった」サグス＝レトはしばらく間をおいてからいった。「だが、そんなことをしたダルゲーテンはいまだかつていない。そもそも、そんなことができるかどうかも、まるでわからない」

「だけど、ためしてみることはできるさ！」

サグス＝レトは、ずらりとならんだ丸窓を眺めた。このひとつひとつのなかに、あの生物が停滞フィールドで活動停止状態になって眠っているのだ。ほんものの生にけっして目ざめることができないなら、どうしてかれらはここに横たえられたのだろう。

「よし、やってみよう」かれはついにいった。「この隣りのシリンダーを開けて、生物の中枢神経系にはいりこみ、細胞機能とその相互作用を調べてみる」

ケルマ＝ジョの呼吸孔から、ほっと安堵の息がもれた。

「わたしはこっちのからだで同じことをためしてみる」

＊

サグス＝レトは内心で震えながら、素粒子探知器官をたよりに、巨大なエビに似た奇妙な生物の脳内にはいりこんでいった。

まず、神経細胞と神経繊維を構成している分子を調べ、次にニューロンの末端器官間で刺激の伝達が可能かどうかをためしてみた結果、ダルゲーテンの場合と同様にシナプスによって刺激が伝達されることがわかった。ただし、この奇妙な生物の活動停止状態の脳内では、刺激の伝達はおこなわれていなかった。その状態はいわば、たったいま組みたてが終わって試験台に運ばれてきたコンピュータのようなものだ。電源もはいっていなければ、プログラミングもされていない。

神経細胞と神経繊維の分子構造を調べおえると、こんどは、細胞にくっついている糸状の突起にとりかかった。その突起は、刺激を細胞に伝達することも細胞からの刺激を伝達することもできる。この突起の数は、ダルゲーテンの脳のそれよりもかなり多い。

つづいて、上昇する繊維と下降する繊維を持つ脊髄《せきずい》の分子構造や、脊髄の両側に一対ずつならんでいる、知覚細胞をふくむ脊髄中枢神経を調べる。多彩な機能に感心するとともに、この生物の脊髄がダルゲーテンの上咽頭《じょういんとう》中枢神経系よりもかなり細分化されていることに気づく。

さらに、脊髄から手足や筋肉へとはしる神経索を調べた結果、脊髄が脳から伝達される刺激および脳へ伝達される刺激のたんなる通り道というだけでなく、多くの反射をつかさどる独立した中枢であり、手足の動きをコントロールしていることがわかった。次に、神経系の素粒子レベルの構造を調べはじめる。

かれはぎょっとして素粒子探知器官をひっこめた。素粒子の世界に〝もぐった〟瞬間、奇妙な生物の脳から強い吸引力が発しているのを感じたのだ。まるで、意識が無理やりひきずりこまれるような、そんな感覚だった。

素粒子探知器官をひっこめてしまったので、視覚だけにたよってその生物を見る。疑念に満ちた目で、その奇妙な生物をじっと観察した。もしかしたら、この生物の脳は他生物の意識をひきつける構造になっているのか？

荒い息づかいが聞こえたので、視覚触角を音のしたほうへ向ける。見れば、ケルマ＝ジョも素粒子探知器官をひっこめている。

「きみも吸引力を感じたんだな」

ケルマ＝ジョは震える視覚触角をかれに向け、

「ああ。ぎょっとしたよ」と、答える。「意識が渦に巻きこまれて、未知の脳のなかに落ちていくみたいな気がした。この生物は他生物の意識を捕らえる罠じゃないのか？」

「わたしも最初そう思った」と、サグス＝レト。「だけど、そうじゃないという結論に達した。これがダルゲーテンの意識だけを捕らえるための罠だというなら話はべつだが。脳内を素粒子探知器官で探ろうとするまでは吸引力を感じなかったんだから」

「そうだ、わたしもそうだった」と、ケルマ＝ジョが答える。「同感だ。この生物が、脳内の素粒子レベルの世界を〝見る〟能力を持った他生物があらわれるのを待ちかまえていたとはとても思えない」

「この生物がそもそもなにかを待っていたかどうかなんて、だれにもわからない」と、サグス＝レト。「だが、われわれは急いではなれることができた。だから、われわれの意識をこの生物の脳内にうつすのは危険ではないということだ」

「うつしてみなければわからないぞ」と、ケルマ＝ジョが疑念を表明する。

「あきらめるか？」と、サグス＝レトがたずねる。

「ぜったいにいやだ！」と、ケルマ＝ジョ。

「じゃ、もう一度試してみよう。ただし、慎重に」

12

サグス＝レトは、奇妙な生物の脳から発する吸引力に自分の意識をゆだねようと決めた。

だが、不安による反応をおさえるのはむずかしいことがわかった。反射的に身をひいてしまうのだ。失敗を三回くりかえしたのち、この反射をおさえることに成功した。

次の瞬間、これまで味わったことのない異様な感覚に襲われた。温かいシャワーを浴びていたときに、いきなり冷水が降ってきたような、愕然とする感覚だった。突然、サグス＝レトはわれに返った。

「じゃ、きみも不気味に感じたんだね」隣りでケルマ＝ジョがいう。

「あまりにも異様な感覚だった」と、サグス＝レト。「時間をかけて、だんだんこの異様な感覚に慣れていかなければ。とくに、からだのあらゆる部分から脳に伝達される刺激の強さに慣れることが肝心だ」

「不気味なほど強い刺激だった」と、ケルマ＝ジョ。

「思うに、この生物の体内では、刺激は速度を落とすことなく神経繊維を通過していくんだ。脊髄を持たないわれわれの場合、神経繊維を通過する刺激は徐々に減衰していく。だから、われわれがうけとる刺激は和らげられているんだ」

「そうにちがいない」と、ケルマ＝ジョ。「この生物の脳内は音と感覚の嵐みたいだった。あらゆる知覚がいつもよりずっと強かった。でも、あきらめないぞ。このからだをマスターしてやるんだ」

「わたしもあきらめるつもりはない」と、サグス＝レト。

かれはふたたび自分の意識を奇妙な生物の脳内に送りこんだ。すさまじい轟音に襲われて気を失いそうになったが、今回はもちこたえた。同時に、この生物のからだのどこかがむずむずするのを感じる。想像を絶する激痛を感じ、目からはいってくる光のまぶしさに目がくらみそうになる。

それは恐ろしい拷問だった。かれはひたすら耐えた。長く耐えれば耐えるほど、減衰することなくこの生物の体を伝わる刺激に慣れてくるはずだから、がんばれと自分にいいきかせながら。ここで逃げたら、ぜったいに慣れることはできない。

ついに、知覚が和らいできた。仰向けに横たわっている奇妙な生物のからだのなかに自分がいるのを感じた。八つの目から送られてくる光刺激も、もうまぶしくはない。

それどころか、しだいになにかが見えてきた。最初、サグス＝レトは自分が見ている光景を信じようとしなかった。基地のどこかが燃えている。だがそのうち、かれの意識はしだいに、燃えあがる炎と、和らいだとはいえ鳴りやまない轟音とを結びつけて考えるようになった。突然、炎も轟音も原因は同じなのだと気づく。大地震によってあらたに人工天空から岩石が落下し、おそらくはエネルギー貯蔵庫が破壊されたことによって、火災が発生したにちがいない。

からだを起こそうとした。最初、意志インパルスに対してなんの反応も起きないように感じたが、目で見てみると手足が動いている。多少、ぎごちない動きではあるが。からだを反転させて立ちあがるが、すぐにまたひっくりかえってしまう。しっかり立てるようになるまでに、十分の一日以上かかった。ケルマ＝ジョも同じ困難と戦っていた。かれらはたがいにはげましあおうとしたが、異生物の手足よりもその発声器官を自由に操るほうがさらにむずかしいことを思い知らされた。

とうとう、かれらは気づいた。これは、最初そう思ったような、完全な直立歩行をする生物ではないのだ。まんなかの脚一対を使って、からだを半分だけ直立させて歩行すればいいのだ。そう思ってためしてみると、よろめきながらではあるが、からだを起こすことができた。

かれらは顔を見あわせ、障害をともに乗りこえたことで、たがいの絆《きずな》がより強くなったと感じた。

あらためて異生物の発声器官を使おうと試みた。だが、声にならない、きしむような音しか出てこない。

その瞬間、かれらはトリプリードたちの姿を見つけた。建物の壁を這いあがり、ヌグウン・ケールの背面によりあつまっている。

だが、トリプリードたちはいつものその場所でじっとしてはいなかった。突然、神経質にそわそわと動きはじめ、こちらを何度もくりかえし見ている。

そのとき、ダルゲーテン二名は気づいた。トリプリードたちは、つねに主人と自分を結びつけている超心理手綱がなぜ、自分を見つめてくる見慣れない生物二体から発しているのか、理解できないのだ。

かれらは異生物のからだから意識を出し、自分自身のからだへともどった。

一瞬、サグス＝レトは自分自身のからだのなかで違和感をおぼえた。しだいに弱まりながら伝達されてくる刺激を、意識でうけとめて理解するのはひと苦労だった。

だが、ふたたび〝自分にもどった〟と感じるまでに時間はかからなかった。

「トリプリードたちに、これからは、面倒をみる主人がふたりになることをわからせないと」暗示フィードバックを通じてトリプリードがおちつきをとりもどしたのを感じながら、かれはいった。

「そもそも、かれらの面倒をみることができるのかな」と、ケルマ＝ジョがたずねる。

「どこにも餌なんて見あたらないぞ」

「きっと見つかる」と、サグス＝レトが答える。「この異生物たちが生きかえったときのために、近くに食糧が保管されているはずだ。ところで、かれらは最初からずっとこの状態だったわけじゃないような気がしてきた。かれらの意識はある時点でどこかへ飛びさったんだ。そして、いつかもどってくるんじゃないだろうか」

「わたしもそんな気がする」と、パートナーがいう。

暗示によってトリプリードたちに、超心理手綱を握っている者こそがつねに主人なのだというあらたな行動パターンを教えこむことは、ダルゲーテン二名にとってむずかしいことではなかった。

それから、かれらは新しいからだの使い方をさらに練習した。トリプリードたちの餌探しのためには、まず、この〝交換体〟の使い方を完璧にマスターする必要があった。交換体を使わなければ、建物の反重力リフトや通廊や部屋を見てまわることはできないからだ。

＊

「わたしの声をどう思う？」ケルマ＝ジョが耳ざわりな声でいう。その言葉はほとんど聞きとれない。

「ひどい不協和音だ」と、サグス＝レトが答える。「でも、そのうちましになると思う」ためしにいつもの歌うような声を出してみようとしたものの、すぐに中断する。聞くにたえないひどい声だ。

「とりあえず肝心なのは、交換体のなかにいるときでも意思疎通ができるってことだ」と、ケルマ＝ジョがいう。「壁に通廊の入口がある。あそこからはいって食糧の備蓄を探そう」

からだを半分起こした姿勢をたもったまま、かれらは自分自身のからだをのこしてきたヌグウン・ケールを尻目に着陸プラットフォームの上を移動していく。その動きは若干ぎごちない。こんなちいさなからだで行動することにまだ慣れていなかったし、トリプリードたちのほうも、主人の背中に乗せてもらうのではなく、あとをついていかなければならないことにとまどっていた。

通廊にはいってからは、かれらははさみのような手を壁についてからだを支えた。運よく、通廊にはいった瞬間に照明がついたので、暗闇のなかを手探りしないですんだ。交換体の目では、暗闇のなかを進むことはむずかしかっただろう。

百長単位ほど進んだところに、反重力リフトの入口があった。リフトは作動していなかったが、入口の壁の、交換体の手がとどく高さにセンサーがふたつついていた。ひとつには尖ったほうが下を向いた三角形が、もうひとつには上を向いた三角形が描かれている。

「こういうマークはダルゲータにもある」と、ケルマ＝ジョがいう。「上へ行くか、それとも下か？」

「下だ」と、サグス＝レト。「上には〝停滞フィールド・シリンダー〟しかない」

ケルマ＝ジョは下方向へのマークがついているほうのセンサー・ポイントに触れたが、あやうくそれを粉々にしてしまうところだった。交換体の力をまだ制御しきれていなかったのだ。

「純粋に肉体的には、かれらのからだの強さはわれわれと同程度だ」かれはサグス＝レトに先だってリフトに乗りこみながらいう。「からだのちいささを考えると、驚くべきことだ」

やはり照明がついているリフトに乗り、いちばん下までおりる。それから複雑にいりくんだ通廊を探しまわり、階段をおりた先に、ついに透明な硬質プラスティック容器がぎっしりならんだ巨大な貯蔵室を見つけた。

「植物性の食品のようだが」と、サグス＝レトはいいながら、手で重さをはかった。

「われわれのメタボリズムはこれに耐えられるかな？」

「われわれがこれをためす機会はないよ」と、ケルマ＝ジョ。

「いや、それがあるんだ」と、サグス＝レトは反論する。「交換体のメタボリズムをもう一度、徹底的に調べる必要がある。そうすれば、われわれ自身やトリプリードたちがかれらの食べ物に耐えられるかどうかがわかる」

「そうなるとジレンマだ」と、ケルマ＝ジョが憂鬱そうな声でいう。「交換体には素粒子探知器官がないんだから」

「それはまずい」サグス＝レトはぎょっとした。「交換体の行動範囲がうんとせばまってしまう。素粒子探知器官なしで長時間すごすわけにはいかないからな。だが、待てよ。われわれが物質暗示者たるゆえんは、ふつうのダルゲーテンよりも脳内の超心理領域がずっと強く分化していることにある。もしかしたら、素粒子探知器官がなくてもやれるかもしれない」

そういうと、かれはプラスティック容器とその中身の素粒子を感知することに意識を集中しようとした。

だが、うめき声をあげて断念した。

「だめだ」うなだれて、いった。「プラスティック素材の巨大分子以外は、分子さえ区別できない」

「だが、それでもゼロよりはましだ」と、ケルマ＝ジョが答える。「練習すればもっとうまくできるようになるかもしれない」

「じゃ、もうすこしやってみる」サグス＝レトはいったが、期待はしていなかった。

原子レベル、素粒子レベルの領域に踏みこむ試みは、今回もうまくいかなかった。だが、やがてかれは気づいた。これは自分自身がじゃまをしているのだ、と。自分の意識が、ダルゲーテン以外の他者に素粒子感知能力をあたえるのを拒んでいるのだ。

この生物はけっして他者ではない、知性を持った実体の本質を決めるのは、その実体を支配している意識なのだから……と、かれが気づいたそのときのこと。

突然、〝見えて〟きた。容器とその中身の物質中の原子、陽子、中性子、電子、クォーク、グルーオンのエネルギーが。これをなしとげたのは他者のからだにはいりこんだ自分の意識だけではない、と、サグス＝レトは感じた。このからだには、わたしの脳内の超心理領域から超能力が流入している。

「やったぞ、ケルマ＝ジョ」ほっとしてかれはいった。パートナーも成功したことがわかった。「これで、自分のからだをはなれてもぞんぶんに能力を発揮できる」

交換体を超能力で調査しようとしたところ、うまくいかなかったので、かれらはもう一度自分のからだにもどって調査をしなおさなければならなかった。ただし、サグス＝レトはこの障害はたんに心理的なものだと推測した。ダルゲータでは、自分のからだを精神力で探ることはほんの試みであってもタブーとされているから、心理的な抵抗が働くのだ、と。

ダルゲーテンとこの異生物では、もちろんメタボリズムに相違点はいくつかあることが判明したが、蛋白質分解酵素、グリコシダーゼ、アミラーゼ、セルラーゼの働きはほぼ同じだった。そこで、血液と肝臓を調べた結果、ダルゲーテン自身もトリプリードも異生物の備蓄食糧を食べて生きられることがわかった。

自分たちの食糧はつきかけていたし、自身のからだにもどったときには物質代謝が加速するから、これは重要な発見だった。軟体動物から進化したほかの種族と同じように、ダルゲーテンも十分の九年まではまったく食物を摂取しなくても生きていくことはできるが、体力を維持するためには食べる必要があった。

かれらはまず、はげしい空腹感を訴えていた交換体の体内に食物をつめこんでから自分のからだにもどり、できるかぎりの量を摂取した。自分のからだをかなり長いあいだ放置しておくつもりだったからだ。

それから、基地内を調査した。火災はすでに消えていたし、地震もとうの昔におさまっていた。腹いっぱい食物をつめこんだトリプリードたちは、主人が帰ってくるのを待ちながら、ヌグウン・ケールの背中で眠っていた。

サグス＝レトとケルマ＝ジョは、地表への出口を探して長時間さまよい歩いた。やがて突然、基地のはずれにある崩れおちたちいさなドームの前でサグス＝レトが立ちどまった。

「これは道しるべの幻覚のなかに出てきた建物だ！」かれは興奮して叫んだ。「ほんの一瞬だったが、そのとき反重力リフトの幻覚を見たこともおぼえている」

「だけど、このドームが崩壊したのは大昔のことだ」と、ケルマ＝ジョが反論する。

「崩壊した個所がひどく腐食しているからわかる」

サグス＝レトも腐食には気づいていた。それは見のがしようがない。だが、かれはどうしても幻覚を見たことが気になった。そこで、すべてのダルゲーテンにそなわっている超能力を使って、腐食した崩壊個所の素粒子構造を調べた。

「腐食層は人工的に塗られたものだ」と、かれはすぐにいった。「腐食層の古さはおよそ三千年。一方、その下にある金属は一万一千年前に製造されている」

瓦礫をとりのぞいてみると、その奥に保存状態のいい通廊が見つかった。通廊をたどっていくとすぐに、反重力リフトのシャフトが上からつきだしているひろい部屋に行きあたった。

この発見にすっかり興奮したサグス＝レトとケルマ＝ジョは、反重力リフトが機能するかどうかたしかめてもみないで、すぐに停滞フィールド・シリンダーがあった建物へ急いでもどった。

そこで自分のからだにもう一度もどると、ヌグウン・ケールに乗りこみ、リフトのある大きな部屋へ向かう。トリプリードたちは、暗示によってヌグウン・ケール内で深く眠らされていた。

そうしておいてから、かれらはふたたび交換体にもどって反重力リフトへと急いだ。サグス＝レトがリフト入口の、〝上〟をあらわすマークのついたセンサーに緊張しながら触れる。シャフト内の照明がついた。かれはよろこびの声をあげ、腕をひろげて、上向きの極性をあたえられたエネルギー・フィールドが作動するのを確認する。ためらうことなくダルゲーテン二名はリフトに乗りこみ、上へと運ばれていく。白昼の光へ、あるいは、星空へ向かって。

だが、突然かれらは自覚した。自分たちは白昼の光や星々を見るために地上に向かっているのではない、と。ポルレイターの足跡を追って、地下基地から地上へと向かっているのだ。

頭上が明るくなったとき、あんなにも恋いこがれていた恒星の光にかれらは反応しなかった。もはや、セト＝アポフィスが洗脳コンタクトを通じて吹きこんできた使命しか見えなかった。超越知性体の代理人として犯罪者ポルレイターを探しだし、ポルレイターの同盟者らの機先を制するために全力をつくす、という使命である。

そして、かれらには、そのふたつの目標を達成するだけの力がそなわっていた……

あとがきにかえて

赤根洋子

『物質暗示者』に取りかかる直前まで、物理学と天文学の発達史をユニークな視点から描いた『科学の発見』（スティーヴン・ワインバーグ著、文藝春秋刊）という本を翻訳していた。物理学の用語が頭に渦巻いている状態でこの第五三一巻を読みはじめてすぐ、偶然の一致に驚いた。おお、最新の物理学がローダン・シリーズの一巻に見事に結晶化しているではないか！　主人公は、物質を素粒子レベルにまで分解して見とおす能力を持った、ダルゲーテンという生物。巨大ナメクジのような姿ながら、菜食主義者で絶対的平和主義者、嘘という概念自体を知らない、という愛すべき存在だ。そのなかでとくに優れた者は、素粒子のひとつひとつに暗示をかけてその配列を変化させることによって物質を支配する能力を持っている。そんなダルゲーテンの若きエリート二名がセト＝アポフィスに目をつけられ、工作員にされてしまう。今後の展開から目が離せない。

訳者略歴　早稲田大学大学院修士課程修了，ドイツ語・英語翻訳家　訳書『マルディグラの工作員』ヴルチェク＆グリーゼ（早川書房刊），『科学の発見』ワインバーグ他多数

HM=Hayakawa Mystery
SF=Science Fiction
JA=Japanese Author
NV=Novel
NF=Nonfiction
FT=Fantasy

宇宙英雄ローダン・シリーズ〈531〉

物質暗示者《ぶつしつあんじしや》

〈SF2093〉

二〇一六年十月二十日　印刷
二〇一六年十月二十五日　発行
（定価はカバーに表示してあります）

著者　H・G・エーヴェルス
訳者　赤《あか》根《ね》洋《よう》子《こ》
発行者　早川　浩
発行所　株式会社　早川書房
郵便番号　一〇一‐〇〇四六
東京都千代田区神田多町二ノ二
電話　〇三‐三二五二‐三一一一（大代表）
振替　〇〇一六〇‐三‐四七七九九
http://www.hayakawa-online.co.jp

印刷・信毎書籍印刷株式会社　製本・株式会社川島製本所
Printed and bound in Japan
ISBN978-4-15-012093-1 C0197